Cyhoeddwyd gyda chymorth ariannol
Cyngor Llyfrau Cymru.

Cyhoeddwyd ac argraffwyd gan
Wasg y Bwthyn, Caernarfon
gwasgybwthyn@btconnect.com

Cariad pur?

Straeon am gariad
– y gwych a'r gwachul

Ond cariad pur sydd fel y dur,
yn para tra bo dau

(Tra bo dau, tradd.)

Diolch i bawb sydd wedi cyfrannu at y llyfr hwn.

Diolch i chi'r darllenydd am ddewis y gyfrol hon
i'w darllen.

A boed i gariad fod yn rhan o'ch bywyd
drwy gydol eich oes.

Yr Awdur♥n

EURGAIN HAF
Cwmyreglwys (tud. 13)

Hogan o Benisa'r-waun yn Arfon yn
wreiddiol ond erbyn hyn mae hi'n
byw ym Mhontypridd hefo'i gŵr, ei
mab a chi bach direidus. Fe'i
haddysgwyd yn Ysgol Uwchradd
Brynrefail, Llanrug, a Phrifysgol
Cymru Aberystwyth. Mae'n rhannu ei
hamser rhwng bod yn fam, gweithio fel
Rheolwr y Cyfryngau a Chyfathrebu i
elusen Achub y Plant ac ysgrifennu pan fo
modd. Mae wedi ennill sawl gwobr lenyddol ac
yn gyn-enillydd coron Eisteddfod Genedlaethol yr Urdd ac
Eisteddfod Môn. Hyd yma mae wedi cyhoeddi naw o nofelau ar
gyfer plant 7–11 oed ac wedi cyfrannu straeon byrion ar gyfer
cyfrolau i oedolion. Perfformiwyd ei drama fer *Cadw Oed* fel
rhan o gynhyrchiad teithiol Sgript Cymru, *Drws Arall i'r Coed*,
yn 2005.

'Dydw i ddim yn disgrifio fy hun fel person rhamantus wrth
reddf ond dwi'n mwynhau mynd allan o dro i dro am bryd o
fwyd a photelaid o win da a rhoi'r byd yn ei le gyda'm gŵr,
Ioan. Dw i hefyd wrth fy modd yn mynd am wyliau i Sir Benfro
bob haf, lle llawn llecynnau rhamantus ac ysbrydol, ac mae gen
i atgofion melys o'm mis mêl yn Fienna yn Rhagfyr 2001 –
cyfuniad perffaith o dywydd gaeafol a *glühwein* a synau
cyfareddol cyngerdd byd-enwog y Wiener Philharmoniker i'w
clywed drwy ffenest y gwesty ar fore dydd Calan.'

TONY BIANCHI
Cofion cynnes (tud. 26)

Brodor o North Shields,
Northumberland, yw Tony Bianchi. Ar
ôl cyfnodau yn Llanbedr Pont Steffan,
Shotton ac Aberystwyth, symudodd i
Gaerdydd, lle mae'n byw o hyd. Bu'n
bennaeth Adran Lenyddiaeth Cyngor
Celfyddydau Cymru cyn mynd i weithio ar
ei liwt ei hun. Cipiodd ei ail nofel, *Pryfeta* (Y
Lolfa, 2007), Wobr Goffa Daniel Owen yn 2007.
Enillodd wobrau hefyd am ei farddoniaeth ac am ei storïau
byrion (gan gynnwys Cystadleuaeth Stori Fer Taliesin/BBC
Radio Cymru). *Ras Olaf Harri Selwyn* (Gomer, 2012) yw ei
waith diweddaraf.

'Roeddwn i'n llenwi'r tegil pan ddisgynnodd calon fach
bapur o'r nenfwd (o'r gofod, o ganol unman?) a glanio ar gefn fy
llaw. Saith munud wedi chwech oedd hi, yn ôl fy oriawr.
Ffoniodd fy nghariad yn nes ymlaen. Roedd wedi gadael ei
gwaith am chwech, meddai, ac wedi chwythu cusan ataf wrth
yrru heibio'r fflat. Un gusan. Un galon.'

LLIO MAI HUGHES
Beth os? (tud. 43)

Mae Llio yn byw ym Mryngwran, Ynys
Môn. Enillodd radd mewn Cymraeg ac
Ysgrifennu Creadigol o Brifysgol
Bangor ac mae bellach yn dilyn cwrs MA
Ysgrifennu Creadigol yno. Ar ôl cwblhau'r
cwrs hwnnw mae'n bwriadu aros yn y
brifysgol i astudio am ddoethuriaeth.

'Y profiad mwyaf rhamantus i mi ei gael
oedd derbyn rhosod a cherdd gan fy nghariad i
ddathlu bod efo'n gilydd am flwyddyn. Dydi o ddim yn ffan
fawr o gerddi ond fe ysgrifennodd un yn arbennig i mi.'

BET JONES
Haf 1970 (tud. 57)

Cafodd Bet ei geni a'i magu ym
mhentref Trefor. Mae'n briod ag
Elwyn ac maen nhw wedi
ymgartrefu yn Rhiwlas lle
magwyd eu dwy ferch, Gwen a
Meinir. Bellach mae Bet wedi
ymddeol o'i gwaith fel athrawes
ysgol gynradd ac yn mwynhau
crwydro, darllen ac ysgrifennu.

'Un o'r profiadau mwyaf rhamantus a
gefais erioed oedd dathlu pen-blwydd ein
priodas gyda phryd o fwyd bendigedig mewn bwyty bychan ar
graig uwchben y môr ger Elounda ar Ynys Creta. Tra oedd yr
haul yn machlud yn ogoneddus roedd cerddor yn canu alawon
Cretaidd ar y lyra yn arbennig i ni. Profiad hyfryd a
bythgofiadwy!'

BETHAN GWANAS
Elen, tyrd yn ôl (tud. 69)

Awdures o Feirionnydd sydd
wedi laru ar ddisgwyl i foi
mawr golygus garlamu dros y
bryn ar gefn ceffyl gwyn. Felly
mae'n sgwennu, yn beicio efo'i
gast goch cyn brecwast bob
dydd, ac yn garddio rhwng
paragraffau.

'Y profiad mwya rhamantus?
Derbyn llythyrau caru bob dydd gan fy
nghariad tra o'n i'n byw yn Ffrainc. Mi
sychodd yr inc ar ôl rhyw fis, yn anffodus.'

MARLYN SAMUEL
Trû lyf (tud. 83)

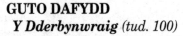

Hogan o Fôn ydi Marlyn ac
mae'n byw ym Mhentreberw
gyda'i gŵr Iwan, a'u merched,
Miriam a Hawys. Mae wedi
cyhoeddi dwy nofel – *Llwch yn
yr Haul* a *Milionêrs* – ac mae'n
brysur yn gweithio ar y drydedd,
Gneud Babis, ar hyn o bryd. Yn ei
gwaith bob dydd, mae'n addasu
llyfrau i'w darlledu ar Radio Cymru.

'Profiad mwya rhamantus? Hmmm . .
. penwythnos bythgofiadwy yn un o westai crandia Paris?
Gorwedd efo fy anwylyd ar draeth yn y Bahamas a glasiad o
siampên yn fy llaw? Taith mewn sled drwy'r eira yn y Swistir
a'r sêr yn disgleirio fel goleuadau ar y goeden Dolig? Yn fy
mreuddwydion! Mi faswn i'n lwcus i gael bagiad o tsips ar y
ffordd adra o'r pictiwrs!'

GUTO DAFYDD
Y Dderbynwraig (tud. 100)

Mae Guto'n byw ym Mhwllheli
gyda'i wraig, Lisa, ac yn gweithio
i Wasanaeth Ymchwil a
Dadansoddeg Cyngor Gwynedd.
Ef oedd enillydd coron Eisteddfod
Genedlaethol 2014 ac Eisteddfod
yr Urdd 2013. Mae'n awdur cyfrol o
gerddi, *Ni Bia'r Awyr*, y nofel *Jac* yn y
gyfres Pen Dafad ar gyfer pobol ifanc, a
chyhoeddir ei nofel *Aer* yn haf 2015.
Heblaw sgwennu, mae'n mwynhau darllen,
loncian, bwyta a dweud pethau mawr.

'Profiad mwya rhamantus? Efallai nad oedd o'n teimlo felly ar y pryd, a ninnau'n llusgo a chario bagiau enfawr mewn gwres llethol ac yn ceisio cael synnwyr o'r peiriannau tocynnau, a'n traed yn brifo ac wedi blino'n lân ar ôl y straen o briodi. Ond roedd ein mis mêl o deithio o gwmpas yr Eidal, Lisa a fi, ar drenau o Rufain i Pisa i Milan i Ferona i Fenis i Fflorens, yn brofiad reit arbennig. Nid dim ond yr haul, yr adeiladau, y dirwedd, y bwyd, yr atyniadau enwog a'r gwin oedd yn arbennig, ond y teimlad o gyd-deithio a chyd-ryfeddu at rywle efo'r sawl fydd wrth f'ochr i am byth.'

JOHN GRUFFYDD JONES
A'r lleiaf o'r rhai hyn (tud. 121)

Mae John Gruffydd Jones yn awdur sydd wedi ennill rhai o brif gystadlaethau llenyddol yr Eisteddfod Genedlaethol – Y Goron, Y Fedal Ryddiaith a'r Fedal Ddrama. Yn wreiddiol o Nanhoron ym Mhen Llŷn, bu'n byw ym Manceinion am 17 mlynedd, cyn ymgartrefu yn Abergele yn 1967. Mae sgwennu yn ddiléit ganddo, ac mae'n awdur prysur.

'Profiad rhamantus? Flynyddoedd yn ôl aeth modryb i mi a'i ffrind i Ganada a galw mewn siop yn Jasper. Roedd merch yn gweithio yno, ac wrth glywed fy modryb a'i ffrind yn siarad Cymraeg, dyma hithau'n ymateb mewn Cymraeg a dyna ddechrau sgwrs. Rhywsut fe ddaeth fy enw innau i'r sgwrs wrth sôn am ardal Llŷn, a dyna sylweddoli ei bod hi a minnau wedi bod yn dipyn o ffrindiau. Braf cael neges ganddi ambell dro.'

11

SIAN REES
Ersatz (tud. 132)

Cafodd Sian ei magu yn y
Rhyl ac erbyn hyn mae'n byw
yn Nyffryn Conwy gyda'i gŵr,
Meurig. Bu'n athrawes yn
Ysgol y Creuddyn ac mae
bellach yn diwtor Cymraeg i
oedolion. Mae Sian yn fam i
dri a mam yng nghyfraith i un,
mae wrth ei bodd gyda'r ci, y
gath, gofalu am ei ieir a stwna yn
yr ardd. Mae hefyd yn hoff o
garafanio a gwyliau tramor byr
(hiraeth am yr anifeiliaid yn drech na hi
ar ôl wythnos!). Ei noson allan ddelfrydol fyddai cyrri blasus,
gwin coch o'r Ariannin a chwmni cyfeillion agos. Fe enillodd
Sian ddwy gystadleuaeth ryddiaith yn Eisteddfod Dinbych,
2013.

'Un profiad rhamantus sy'n aros yn y cof ydi derbyn cerdyn
Santes Dwynwen yn 1973 gan rywun sy'n dal yn anhysbys.'

EURGAIN HAF
Cwmyreglwys

Daeth. Dywedodd. Drylliodd.

Yma, ar noson chwyslyd o haf a'r lloer yn cusanu eu cyrff. Y tonnau'n eu tylino ac yn sugno bodiau eu traed wrth iddynt orwedd yn noeth yng nghesail bae cysgodol Cwmyreglwys. Stêm eu cyrff yn codi yn erbyn aer oer y nos ac arogl eu hundod yn gymysg â gwynt yr heli. Blas ei eiriau cras yn crensian fel tywod rhwng ei dannedd a hithau'n ffieiddio at ei hymateb. Onid dyna a gytunwyd? Treulio hirddydd eu harddegau yn blysio'u chwant a'u chwilfrydedd rhywiol am nad oedd dim byd gwell i'w wneud ar arfordir Penfro. Yma, mewn cwm a welodd sawl chwalfa yn nannedd y drycinoedd blin. Fel y storm enbyd honno yn Hydref 1859 a ddrylliodd llong y Royal Charter ynghyd ag 113 o longau eraill ar hyd yr arfordir, nes cyrraedd y bae hwn a chwydu'i chwerwedd dros gorff yr eglwys a'i chwalu'n gyrbibion.

Fel ei chalon hithau.

Heddiw, dim ond wal unig y clochdy a saif yn weddill o'r eglwys sy'n wylo dros y bae. Y gloch yn fud dan y tonnau a'r allor yn arnofio'n froc môr o'r hyn a fu. Cragen heb gorff na chroth. A hi fach.

'Rwtsh sentimental!'

Taflodd Sioned Wyn gip sydyn o'i chwmpas er mwyn gwneud yn siŵr nad oedd neb wedi'i chlywed. Ond roedd pawb yn rhy brysur i gymryd unrhyw sylw ohoni, i wybod ei bod yno. Diolchodd hithau, gan nad oedd wedi bwriadu ei ddilyn. Dim ond digwydd wnaeth hynny, fel petai ei thraed wedi cymryd arnynt ei llusgo yn ôl i gilfachau ei glaslencyndod heb unrhyw ymgynghori â'r gweddill ohoni. Ond yma, at adfail yr hen eglwys ac i fwlch drws yr hen glochdy y cyrchodd, a hynny er mwyn chwilio am ysbryd-oliaeth i'w nofel newydd. A rhywsut, roedd eistedd yma'n ei gorfodi i edrych yn ôl, waeth pa mor boenus roedd hynny, a chamu dros drothwy ei ddoe.

Doedden nhw'n fawr hŷn na phlant – y hi a Digby – yn esgus gwybod beth oeddan nhw'n ei wneud. Dau ifanc, un ar bymtheg a dwy ar bymtheg mlwydd oed, bywiog, blysiog, byrbwyll, yn trochi bysedd eu traed mewn trobwll o synhwyrau newydd. A hithau'n dywod mân rhwng ei fysedd. Fo oedd yn rheoli popeth a hithau wedi mopio'i phen yn lân. Digby Bowen, mab perchennog y maes carafannau, ac aelod o un o deuluoedd busnes mwyaf dylanwadol y sir. Ac roedd wedi cymryd ffansi ati hi, o bawb. Y hi fach a gafodd ei chartio fel doli glwt o un cartref maeth i'r llall ers cyn cof, heb aros yn ddigon hir i fowldio'i siâp i unrhyw fatras na thorri ei dannedd ar bren unrhyw grud. Sioned Wyn a basiwyd o law i law, o fraich i fraich, ond na phrofodd erioed gysur coflaid mam. Erbyn ei harddegau roedd yn ormod o lond llaw i neb ei thrin. I neb fod ei heisiau. Doedd yr un teulu yn fodlon ei derbyn i'w haelwyd a dyna sut y daeth i fyw i berfeddion Penfro ac i bentref bach Cwmyreglwys â'i draeth bychan, tywodlyd. A hynny ar ei rhybudd olaf gan yr awdurdodau.

Cytunodd gweddw hen gapten llong i ofalu amdani yn ei thyddyn bychan gwyngalchog â'i ffenestri crynion fel gwydrau sbectol yn edrych allan dros y bae a bysedd hirion arfordir Penfro. Artist oedd yr hen wraig a thipyn o feudwy, a phob dydd byddai'n cloi ei hun yn yr ystafell gefn gan roi rhaff i Sioned wneud beth bynnag a fynnai – digon o raff i'w chrogi ei hun pe dymunai.

Cofiodd Sioned sut y treuliodd yr wythnosau cyntaf hynny yn eistedd o flaen ffenestr fechan gron yn stydi'r hen gapten yn edrych drwy ei sbienddrych ar yr harbwr yng nghysgod y creigiau, a'r môr yn llenwi'r gwydr. Roedd hi'n haf, a deuai'r ymwelwyr yn eu heidiau i lawr y lôn droellog gul i'r pentref a pharcio'u ceir yn y maes parcio bychan a arweiniai at fynedfa'r maes carafannau. Cyrhaeddai eraill ar droed ar hyd llwybr yr arfordir o gyfeiriad Pwllgwaelod fel pererinion, i weld adfeilion hen eglwys hynafol Sant Brynach ac i ddarllen am hanes y storm enbyd a'i drylliodd yn 1859. Yr un storm ag a suddodd y *Royal Charter* ger Moelfre, Môn a degau o longau eraill ar hyd arfordir Cymru y noson honno.

Hanes yr union ddrycin honno a roddodd yr esgus perffaith iddi danio sgwrs â Digby am y tro cyntaf. Bu'n ysbïo arno ers dyddiau. Ei wylio'n croesawu ymwelwyr ac yn eu tywys i'w palasau statig. Ac yna, bob nos, wrth i'r haul gusanu corun moel y bryn gyda'i wefusau pinc cyn suddo i gynfas gwely'r môr byddai Sioned Wyn yn dychwelyd at glwyd ei ffenestr gron i wylio'i Adonis. Syllu arno'n croesi'r traeth caregog gwag, yn ei siorts tri chwarter a'i frest yn noeth, ac yn plymio i ewyn y tonnau. Yn ddyndod i gyd.

"Na beth oedd storom.' Torrodd ei eiriau dros ei hysgwydd mewn cytgord â'r tonnau'n taro ar y creigiau. Ni chafodd fraw. Roedd wedi bod yn aros amdano ers dyddiau, gan gerdded i lawr i'r bae bob min nos gan esgus astudio'r placiau, ei llygaid yn llowcio'r hanes sut y dinistriwyd yr eglwys a'r llongau ar y môr yn ystod y storm a chael eu dryllio'n ddarnau mân. A'i meddwl ar grwydr yn rhywle arall.

'Hanes trist.' Ei llais yn ffugdosturiol â'i thu mewn yn gwenu.

'Welodd yr arfordir 'ma yr un storom debyg. Cannoedd wedi colli eu bywydau ac adeiladau wedi'u chwalu.' A'i oslef yn crwydro'i chorff lluniaidd a hithau'n mwynhau ei wres fel trydan ar ei chroen.

'Ti'n hoffi hanes 'te . . . y . . .'

'Sioned. Sioned Wyn . . . na, dim felly. 'Sgin i fawr i'w ddweud wrth ddoe. Yn fwy o berson heddiw. Byw i'r funud . . .'

Gwahoddiad.

'Dere 'te, Sioned Wyn, beth amdani?'

Llaw gadarn yn clampio am ei llaw hi a'i harwain i lawr i'r bae i ymdrybaeddu ac i ddawnsio fel dau forfarch rhwng y tonnau. A hwnnw oedd haf hapusaf ei bywyd – dyddiau diofal yng nghwmni mab y maes carafannau â'i wallt du, cyrliog a'i lygaid rhywiol, a gwên gyfareddol fel lleuad gorniog. A phob nos yng nghysgod y bae, wedi i'r traeth bychan wagio, byddent yn hawlio'r harbwr â'u caru nwydwyllt, ei ffrog haf wedi'i gwthio dros ei chluniau a charreg mur gorllewinol y clochdy yn oer yn erbyn ei phen-ôl noeth, ac yntau'n ei chusanu'n awchus a'i fysedd gludiog yn brysur ar ei bronnau, ac yn ei gwallt ac yn ei hafn.

Cariad cysegredig rhwng muriau maluriedig.

'Ti'n rhoces sbesial.'

'Cariadon am byth.'

Digby oedd y cyntaf i wneud iddi deimlo'n arbennig. Yn bwysig. Yn rhywun.

A doedd hi ddim am adael iddo fynd.

Nes iddo fo ollwng gafael.

'Dwyt ti ddim wedi blino arna i, nag wyt, Digby?' Hen ymbil plentynnaidd. Y dyheu cyfarwydd am sicrwydd.

'Ti'n fy mogi.'

'Ond dwi'n dy garu.'

Beth a wyddai hi am ystyr cariad?

'Mae gen i drueni drosot ti . . . bechod, bron . . .'

Cyn iddo gilio. Fel y llanw. A'i eiriau'n dal i grogi fel gwynt y gwymon yn ei ffroenau gan ei gadael yn wag fel cloc tywod a'i amser wedi dirwyn i ben.

Roedd dial yn anochel. Ac wedi iddi dywallt petrol dros gar newydd Digby a cheisio'i danio doedd gan y weddw benchwiban na'r awdurdodau ddim dewis ond ei symud i gartref maeth arall. A hynny, y tro hwn, i'r Ynys Werdd, ar y cwch gyntaf o Rosslare. Ac o ddec y fferi ffarweliodd â diniweidrwydd diofal haf hapusaf ei bywyd, gan adael darn o'i chalon yn drifftio fel broc môr yn harbwr Cwmyreglwys.

Treiddiodd oerni'r wal garreg drwy ei ffrog haf denau wrth iddi bwyso yn erbyn wal y clochdy gan ei deffro o'i myfyrdod. Ai dyma pam y'i denwyd yn ôl, tybed? I ail-fyw'r dryllio? A hynny drwy dwyllo'i hun ei bod yn chwilio am ysbrydoliaeth ar gyfer ei nofel erotig nesaf. Chwarddodd yn smala. Bob tro y byddai'n ystyried yr hyn wnâi i ennill bywoliaeth roedd fel petai'n edrych yn y drych ar fywyd rhywun arall. Wedi'r cyfan, ychydig a wyddai y byddai ei nofelau yn ennyn cymaint o adwaith, nid yn gymaint ymysg y beirniaid uchel-ael – doedd ganddi iot o ots beth oedd eu barn snobyddlyd nhw – ond ymysg merched o bob oed a phob galwedigaeth a oedd wedi gwirioni ar y cynnwys chwantus. Dros nos, bron, daeth nofelau Sinead Blanche o'r Ynys Werdd yn rhywbeth roedd pawb yn eu chwennych a'u hawchu. A hithau'n mwynhau bywyd fel miliwnydd yn sgil eu gwerthiant erbyn hyn – yn byw i'r eithaf, i'r funud, heb orfod plesio neb ond y hi ei hun. A daeth ei ffordd o fyw a'i bywyd personol yn dipyn o darged i'r cylchgronau clecs a'r papurau tabloid gan iddi berffeithio'r grefft o rwydo a rhwygo bywydau dynion, nifer ohonynt yn ffigurau cyhoeddus ac enwog. Dyna un o'r rhesymau pam y bu iddi ddianc o'r Ynys Werdd am sbel gan fod y wasg yn dynn ar ei sodlau, yn ysu am gael gwybod sut a pham y bu i'w phumed gŵr gytuno i ysgariad gwerth pum miliwn o bunnoedd. Doedd hynny'n fusnes i neb arall ond y hi ac yn rheswm arall iddi chwilio am loches yng nghilfachau cysgodol a chysglyd Penfro lle nad oedd neb yn ei hadnabod na neb ag unrhyw ddiddordeb yn ei bywyd personol.

Setlodd ar y llawr caregog wrth ddrws y clochdy â'i llyfr nodiadau ar ei glin gan syllu drwy'r ffrâm agored i lawr am y bae. Hoeliodd ei sylw ar y teulu bychan perffaith, 2.4 o blant – y teulu bach y bu hi'n ei ddilyn i lawr y llwybr am y traeth o'r maes parcio. Teimlai fel petai'n gwylio *cinefilm* drwy daflunydd drws ei dychymyg. Gwyliodd y plant yn trochi yn y dŵr a'r tad yn eu taflu i'r ewyn â'i freichiau cyhyrog. Yna, yn dalp o amynedd, yn symud i'r pyllau rhwng y creigiau i geisio dal crancod. A'i wraig – y fam annwyl a pherffaith ei gwedd – fel gwylan awchus wrth eu basged bicnic yn gwylio o glwyd ei chadair gynfas. Darn o berffeithrwydd teuluol na phrofodd Sioned erioed.

Difarai Sioned nad oedd wedi dod â'i chadair gynfas hithau o fŵt y car gan fod y cerrig mân yn pigo'i chnawd o dan ei phen-ôl. Ond roedd y digwyddiad yn y maes parcio wedi'i thaflu oddi ar ei hechel, braidd. Roedd eisoes ar bigau'r drain ar ôl y profiad o lywio'r Ferrari F430 bach glas to agored i lawr y lôn gul droellog a arweiniai i'r pentref a'r traeth, a hynny heb gael ei phwnio i'r gwrych gan ryw dractor neu dryc. Yna, a hithau ar fin dreifio i mewn i'r maes parcio, cafodd ei hatal gan lanc yn ei ugeiniau a neidiodd o'i gadair yn ei gaban bach pren lle roedd yn cysgodi rhag yr haul ac yn pendoncian i guriad ei glustffonau. Ni chododd ei ben i edrych arni, dim ond rhythu ar y car a phwyntio at yr arwydd uniaith Saesneg, 'CAR PARK FULL'. Edrychodd Sioned ar y llanc o dan ei sgarff pen liwgar a thrwy ei sbectol haul, gan ryfeddu at ei gluniau brown blewog a oedd bron yn cyffwrdd ei hwyneb gan ei fod yn sefyll mor agos ati. Dawnsiai'r darnau defnydd oedd wedi dechrau datod o waelod ei siorts denim toredig yn chwareus o flaen ei llygaid a dychmygodd hithau'r ddwy glun gyhyrog yn clampio amdani . . .

'We're full at the moment,' meddai drwy ddannedd gwyn perffaith a'i acen yn drwch o dafodiaith Gymraeg Penfro. 'Nice car, though!'

Tynnodd Sioned ei sbectol haul DG i lawr fymryn ac amneidio at y pedwar bwlch gwag yn y gornel bellaf a arweiniai at fynediad y maes carafannau.

'Allocated for very important people, I'm sorry.' Cododd ei ysgwyddau, bron yn ymddiheuro, gan y byddai wedi hoffi edmygu'r fath gar drudfawr a'i yrrwr o glydwch ei gaban pren drwy'r prynhawn.

'A dydw i ddim yn edrych yn ddigon *pwysig* i chi – dyna dach chi'n drio ei awgrymu?' Fflachiodd Sioned ei llygaid cath gwyrdd ato.

'O, Cwmrâg, y'ch chi. Diawch, os felly, dreifiwch rownd ac os welwch chi le fan'co yn y lle VIPs, gwasgwch eich ffordd miwn. Jest pidwch rhoi'r bai arno i os cewch chi'ch dal,' gwenodd yn fflyrtlyd gan ddechrau mwytho'r metel o dan sil ffenestr y Ferrari. Pliciodd Sioned ei fysedd o'r paent cyn wincio arno, refio'r injan a chrensian y teiars mawr dros y graean, gan adael y llanc, druan, yn chwys diferol ac yn difaru iddo wisgo siorts mor anaddas o fychan.

Chwarddodd Sioned ar eironi geiriau'r llanc. Onid dyna y bu hi'n ei wneud ers blynyddoedd – gwasgu ei hun i mewn i lefydd lle na ddylai hi fod? Gwthio'i ffordd i mewn i berthynas pobl eraill a dod yn rhigol rhyngddyn nhw, heb iddyn nhw sylwi, nes ei bod hi'n rhy hwyr. Dryllio bywydau fel storm y *Royal Charter* . . .

Oedd hi wedi dod yma i drio newid pethau? Yn ôl i'r fan lle y dechreuodd y chwalu yn y lle cyntaf. A dechrau eto ar gynfas glân. Fel un o baentiadau gweddw yr hen longwr.

'Megan!'

Gwasgodd Sioned frêc y car i osgoi merch fach tua phum mlwydd oed oedd newydd redeg i'w llwybr ar ôl ei phêl.

Cododd y tad ei law arni i ymddiheuro cyn codi'r ferch fach i'w freichiau praff. Roedd ei weld unwaith eto'n gymaint o sioc, herciodd y car a stopio'n sydyn. Taniodd Sioned yr injan heb godi'i phen a tharo'r sbardun nes bod y teiars yn sgrialu ar y cerrig mân a pheri i'r teulu o bedwar a'r llanc yn ei gaban edrych yn ôl i weld beth oedd yn digwydd. Plethodd drwy'r holl geir yn y maes parcio bychan fel petai'n gyrru rownd trac Fformiwla 1, ei chalon yn cyflymu a'i llygaid yn sganio platiau'r ceir fel barcud. Ac fe'i gwelodd. Cerbyd 4 × 4 drudfawr wedi'i barcio yn safle'r VIPs ger fynedfa'r maes carafannau a'r llythrennau ar y plât personol yn sgleinio yng ngwydr ei sbectol haul: DIGBY 01. Er bod y bwlch yn gyfyng rhwng y 4 × 4 a char arall, pwniodd Sioned ei ffordd i mewn a pharcio wrth ei ymyl. Cymryd ei lle, lle na ddylai hi fod.

Torrodd sgrech bachgen bach ar draws y traeth, a hwnnw newydd dorri bawd ei droed ar garreg finiog, gan ddeffro Sioned o'i meddyliau. Edrychodd i lawr drachefn ar y llyfr nodiadau ar ei glin a'r hyn roedd newydd ei ysgrifennu. Clampiodd ei bysedd am ei beiro yn barod i drywanu'r dudalen. Tynnodd linell drom i ddial ar yr egin nofel a syllai'n ôl arni. Pwysodd gyda chymaint o rym nes i'r nib rwygo drwy bapur brau ailgylchedig ei llyfr nodiadau masnach deg. Sglefriodd yr inc a staenio rhywfaint o'r llawysgrifen gymen y tu mewn i'r clawr.

I Sions, i'th groesawu i'r nyth,
Llyfr 'sgribyls a syniadau'
ar gyfer dy nofel nicyr gwlyb nesa'!
LOL!
Gwen

LOL.
Lots of Love?
Laugh out Loud?
Llwyth o Lol?

Beth oedd ystyr y tair llythyren dalfyredig ffug-gyfeillgar? Fe'i defnyddiai'n gyson i ddiweddu negeseuon testun ac wrth rannu ei gweithgarwch beunyddiol gyda'i miloedd o 'ffrindiau' ar ei chyfrifon gweplyfr a thrydar – y byd cyfryngol a drigai ynddo bellach a'r unig gymdeithas y teimlai'n rhan ohoni. A dim ond hwyl oedd y dyfalu rhyngddynt ar y dechrau, beth bynnag. Hwyl ddiniwed. Hwyl heb hidio iot beth fyddai'r canlyniadau na phwy fyddai'n cael ei frifo.

'*Oh, Sions, what are you like? It's peppered on every page!*'

'*Lots of Love? Isn't that what it means, Ben?*'

Gwneud defnydd o'i thôn pryfoclyd, plentynnaidd, trio troi-rhywun-ymlaen. A gwenu'n hunanfodlon wrth i hynny weithio ac iddi weld ei golygydd golygus yn gwingo i reoli'r ymchwydd yn ei jîns o dan ei ddesg: codiad a fu yno ers sbel, siŵr o fod, ar ôl iddo fod yn pori dros ei nofel serch ddiweddaraf, *Tease*, a oedd yn seiliedig ar gyfres o sgyrsiau ffôn erotig rhwng dau gariad yn byw ar ddau gyfandir gwahanol. Cythru am ei gilydd wedyn ac yntau am y gorau i'w hanwesu a'i phlesio hi, yn union fel y disgrifiadau tinboeth a oedd wedi cynyddu'i chwant rhwng tudalennau teipysgrif ei nofel. Sŵn anadlu brysiog ac ochneidio yn gymysg â chrafiadau ewinedd ar fahogani'r ddesg. Ei bysedd yn brysur ym môn ei wallt wrth iddi ei dynnu yn ddyfnach tuag ati ac i mewn iddi. Yna'r glewt wrth i gopi trwm y deipysgrif lanio ar y llawr pren yn gyfeiliant wrth i'r ddau ohonynt gyrraedd eu huchafbwynt. Piffian chwerthin wedyn wrth frysio i wisgo amdanynt, a sŵn teiars yn crensian ar y dreif wrth i Gwen ddychwelyd o'i gwers ioga neu o gasglu'r plant o dŷ ffrindiau.

'Gweithio'n hwyr eto, chi'ch dau?' A gwên yn llond ei llygaid annwyl. 'Be am i mi agor potel o win ar ôl i mi roi'r plant yn ei gwlâu, a gawn ni roi'r byd yn ei le.'

Ai'r ffaith nad oedd o'n rhydd i garu neb arall a'i denodd ato? Ei orfodi i wirioni hefo hi am mai dim ond y hi oedd yn bwysig. Neb arall. Ddim hyd yn oed Gwen, a fu fel chwaer fawr iddi o'r diwrnod y cafodd Sioned ei maethu gan ei theulu a symud i'r gogledd i fyw, a hithau'n ddim ond saith mlwydd oed. Gwen warchodol y bu'n rhannu ystafell wely â hi ac yn ymddiried ei gofidiau a'i gobeithion ynddi. Gwen a oedd mor barod i faddau pan fyddai Sioned yn ymddwyn mor anystywallt. Gwen a dorrodd ei chalon pan fynnodd yr awdurdodau symud Sioned i gartref maeth arall. A'r Gwen, flynyddoedd yn ddiweddarach, a'i derbyniodd i'w haelwyd fel cwcw i'r nyth, wedi i briodas arall chwalu.

Gwen a'i cyflwynodd i'w gŵr, Ben Beechley, y golygydd a roddodd ei chomisiwn cyntaf iddi fel awdures nofelau erotig o dan yr enw Sinead Blanche. Gwen, â'i gwên ddiniwed a oedd yn ddall i'r llygaid awgrymog yn fflachio rhwng ei gŵr a'i ffrind gorau, y gwasgu glin dan y bwrdd bwyd, a'r cythru cnawdol yn y dirgel.

Gwen anwylaf a wyddai sut i garu ac a wyddai sut beth oedd cael ei charu. Ia, wir, *Laugh Out Loud*, Sioned Wyn!

Gwasgarodd chwa o awel heli ei hiraeth fel sborau cloc dant y llew. Roedd hi wedi dechrau oeri erbyn hyn ac roedd y traeth yn dechrau gwagio. Gwelodd y teulu perffaith yn cerdded tuag ati o'r traeth. Tynnodd ei sgarff dros ei phen, clampio'i sbectol haul yn dynnach am ei thrwyn a brasgamu at wal y fynwent, gan gymryd arni astudio'r placiau arian a'u cynnwys hanesyddol. Teimlodd ei wres cyfarwydd yn ei thrydanu wrth iddynt ei phasio. Gŵr a gwraig law yn llaw, a merch a bachgen bach yn sglefrio'n sandalog dros y tywod ar eu holau. Ac yn mynd heibio iddi heb ei chydnabod. Heb ei hadnabod. Aethant heibio i fynedfa'r maes parcio a cherdded i mewn i dafarn gyfagos.

Dychwelodd hithau i'r maes parcio gan deimlo llygaid y llanc yn ei dadwisgo o'i gaban. Cyrhaeddodd ei char bach drud oedd wedi'i wasgu rhwng ceir mawr drud pobl bwysicach. Taflodd gip yn ôl ar y llanc ond roedd ei lygaid ar gau ac yntau wedi ymgolli yn y gerddoriaeth a bwmpiai i'w glustiau. Gwnaeth yn siŵr nad oedd neb arall yn ei gweld cyn codi cragen long finiog o'r llawr a gadael i'w harddwrn dynnu llinell wen berffaith ar hyd ochr y cerbyd 4 × 4, fel petai'n tynnu llinell o dan ei gorffennol.

Yna, yn fwriadol, tynnodd bâr o sodlau Louboutins o dan sedd y gyrrwr a'u gwisgo'n ddefodol am ei thraed. Pwysodd ei chefn yn erbyn bonet grasboeth y 4 × 4 gan deimlo gwres y metel yn treiddio ac yn ei thanio drwy ei ffrog haf denau. Edrychodd i gyfeiriad y dafarn lle gallai weld y teulu bach yn setlo ar y balconi a'u pennau wedi'u claddu yn y bwydlenni, yn chwerthin i gyd. Cododd ei throed fel caseg loerig, a lliw coch ei hesgidiau drudfawr yn fflachio'n fygythiol. Plannodd ei sawdl yn rhif plât y cerbyd nes i'r plastig chwalu'n we pry cop o gwmpas y llythrennau: DIGBY 01.

Tynnodd Sioned ei llyfr sgribyls nicyr gwlyb o'i bag a rhwygo tudalen o'i berfedd ac ysgrifennu arno. Clampiodd y nodyn dan gesail weipar y cerbyd.

> *Ddrwg gen i am y difrod i'ch car. Damwain fach.*
> *Dyma fy rhif symudol 0466 7799856.*
> *Yma ar fusnes tan weddill yr wythnos.*
> *Cysylltwch – fe gymerwn ni bethau o'r fan honno.*
> *Sinead Blanche.*

Llywiodd drwyn bach y Ferrari allan o'r maes parcio ac i fyny'r lôn droellog o'r pentref gan daro cip draw dros y bae a'r clochdy unig. Roedd cymylau storm Awst yn cronni ar y gorwel.

Cofion cynnes

Daeth y garden Nadolig yn hwyrach nag arfer – mor hwyr nes bod Mari'n dechrau gofidio na chyrhaeddai byth. Roedd hi'n adnabod y sgrifen cyn iddi godi'r amlen o'r mat: y print mân, taclus, plentynnaidd bron, y tanlinellu trwm o dan <u>CAERDYDD</u>, yr atalnodi manwl, cydwybodol.

Aeth i'r gegin a gwisgo'i sbectol ddarllen. Astudiodd y ffordd roedd e wedi sgrifennu'i henw – Mrs M. Beynon – a chael pleser o feddwl bod yr ychydig lythrennau hynny'n dangos gofal arbennig, mwy o ofal na'r rhelyw. Tynnodd y garden o'r amlen. Am ychydig, gan mor ystrydebol y llun (y tri gŵr doeth ar eu camelod) ac mor gynnil gyfarwydd y neges, ni sylwodd fod dim o'i le.

Cofion cynnes
Jac

'Jac,' meddai'n uchel, a gwenu. Gwnaeth ei gorau i deimlo'r cynhesrwydd, er gwybod mai cyfarchiad tymhorol yn unig oedd y cofion hyn.

Trodd at y ddwy garden arall a gyrhaeddodd y bore hwnnw: un gan ei mab hynaf, Hefin, a oedd yn byw yn Llundain ers ugain mlynedd, a'r llall gan ei brawd, Colin.

26

Roedd ar fin dodi'r tair ar y seld pan sylweddolodd, gydag ysgytwad, beth oedd wedi newid. Agorodd garden Jac eto a gweld, am y tro cyntaf, absenoldeb enw ei wraig. Edrychodd ar y cefn ond doedd dim byd yno heblaw enw elusen. Tynnodd yr amlen o'r bin sbwriel a gwthio'i bysedd i mewn iddi. Aeth i dwrio yn y bin wedyn, rhag ofn bod rhywbeth wedi cwympo o'r amlen, mor sicr oedd hi fod esboniad i'w gael yn rhywle ac y câi hyd iddo o ddyfalbarhau. Gwyddai na fyddai Jac, o bawb, yn ei gadael yn y tywyllwch.

Gan ofni wedyn mai ei chof oedd ar fai, aeth Mari i'r lolfa a thynnu o'r *sideboard* y cwdyn plastig lle cadwai gardiau'r llynedd. (Fel hyn y byddai'n sicrhau bod pawb a anfonai gyfarchion ati yn derbyn yr un cwrteisi. Wrth reswm, âi'r llwyth yn llai o flwyddyn i flwyddyn.) Daeth o hyd i garden Jac ar unwaith: y tri gŵr doeth eto, yr un elusen.

Cofion cynnes
Jac a Dora

Aeth Mari'n ôl i'r gegin a rhoi'r ddwy garden ochr yn ochr â'i gilydd ar y bwrdd. Gyda rhywfaint o ofid erbyn hyn, ceisiodd gofio a oedd hi wedi derbyn llythyr yn ystod y flwyddyn a aeth heibio, llythyr a fyddai'n egluro absenoldeb yr enw. Ni chofiai ddim. Ar yr un pryd, roedd hi'n gwbl argyhoeddedig na fyddai Jac mor esgeulus, mor ddi-hid, â gadael i beth felly ddigwydd heb roi gwybod iddi. Daeth i'r casgliad, felly, fod y fath lythyr wedi cael ei sgrifennu a'i anfon ond, yn anffodus, iddo fynd ar goll rywle ar y daith fer rhwng Lynton a Chaerdydd.

Aeth Mari i wneud paned. Ystyriodd y neges eto. Synnai fod Jac wedi sgrifennu ei enw yn y canol, o dan y 'Cofion cynnes'. Gwyddai mai ymateb hurt oedd y syndod hwnnw, oherwydd beth arall allai ei wneud? Dyn trefnus a thaclus oedd Jac, a dyna sut roedd sgrifennu cyfarchion ar garden. Er hynny, i Mari, peth chwithig oedd y canoli hwn. Rhyfygus, hyd yn oed. Roedd yn union fel pe na bai Dora erioed wedi bodoli, fel pe na bai ei habsenoldeb yn werth sôn amdano. Neges gyflawn oedd hon, meddai'r sgrifen gymen, gymesur, a doedd dim angen egluro pellach arni.

Daeth pwl o euogrwydd dros Mari. Roedd Dora wedi marw, roedd Jac wedi anfon llythyr ati, a beth bynnag oedd tynged y llythyr hwnnw, byddai wedi disgwyl gair o gydymdeimlad ganddi. Pa syndod, wedyn, fod y neges ar y garden Nadolig mor gwta? Pa syndod bod y garden wedi cyrraedd mor hwyr, ac yntau, o bosibl, yn pwyso a mesur a ddylai anfon carden o gwbl at rywun mor ddideimlad?

Eisteddodd wrth y bwrdd ac ystyried oblygiadau'r dadleuon hyn, eu cryfderau a'u diffygion. Boed a fo am y llythyr coll, am y diffyg ymateb – a fyddai dyn oedd newydd golli'i wraig yn anfon cardiau Nadolig, a'r rheiny'n rhai cyffredin, ystrydebol? Ac o'u hanfon, oni fyddai'n ychwanegu brawddeg yn rhywle, er cof am yr ymadawedig? A fyddai mor hy â llenwi'r bwlch â dim ond ei enw ei hun, fel petai'n dweud, 'Fi sy 'ma nawr, a fi yn unig, a dwi ddim isie sôn am neb arall'?

O ddilyn y rhesymeg hon, daeth Mari i'r casgliad nad oedd Dora wedi marw o gwbl. Roedd hi a Jac wedi cael ysgariad. Peth annisgwyl fyddai hynny, mae'n wir, a pheth anghyffredin hefyd, i bâr priod yn eu saithdegau. Ac eto, o ystyried y posibilrwydd hwn ymhellach, doedd Mari ddim yn synnu. Un oriog, ddiafael fu Dora erioed. Na, doedd hi ddim wedi'i gweld hi ers . . . Ers faint? Gwnaeth y symiau yn ei phen. Tri deg . . . Pedwar deg . . . Hanner cant a dwy o flynyddoedd. Amser hir. Brawychus o hir. Ac eto, doedd pobl ddim yn newid eu natur. Na, dim yn y bôn. Caledu a chrebachu wnâi natur pobl, at ei gilydd, yn ei phrofiad hi. Y syndod mwyaf, felly, oedd bod y briodas wedi para cyhyd. Druan â Jac. Roedd arno ormod o gywilydd i sôn am y peth.

Dyna sut roedd meddwl Mari'n gweithio y dydd Sadwrn hwnnw, ddeuddydd cyn y Nadolig.

Awr yn ddiweddarach, ar ôl cael cawod a sychu'i gwallt:

'Colin? Ti sy 'na, Colin? Mari sy fan hyn . . . Ydw, go lew, diolch, a tithe? Da iawn. Dim ond ffono i weud bod Hefin yn dod gartre fory . . . Na, gorffod mynd 'nôl wedyn. Y plant yn rhy fach, t'wel. Isie bod gartre dros y Nadolig, eu gweld nhw'n agor eu presante . . . Dim ond i ti ga'l gwbod . . . 'Na fe, 'te. Dere draw ar ôl te . . . Gyda llaw, cyn i ti fynd, wyt ti'n cofio . . . Nawr 'te, beth oedd ei henw hi 'to? Dora. 'Na fe. Dora Blakey. Neu 'na beth o'dd hi cyn priodi. Reynolds wedyn, ond fel Blakey fyddet ti'n ei nabod hi. Nage, nage, yn yr ysgol. Meddwl 'bod hi yn yr un flwyddyn â ti . . . Blakey. Dora Blakey . . . Na, dim byd sbesial, rhywun arall yn holi, wedi colli cysylltiad, 'na i gyd . . . Na, sa i'n credu ei bod hi ar Facebook. . . Na, na finne chwaith . . . Ie, wel, os cofi di rywbeth . . . A diolch am y garden.'

Ac eto, ar ôl cael bowlennaid bach o gawl i de a chwpla'r pos croeseiriau yn y papur:

'Pegi, ers llawer dydd, shwd wyt ti? Eisie holi o'n i . . .'

Ar ôl gadael yr ysgol, bu Mari'n gwneud gwaith clerigol am

sbel yn argraffdy MacLays yn Nhrelái. Yna fe'i penodwyd i swydd yn Adran Gyfrifon y Cyngor, lle bu'n aelod o dîm a gofnodai daliadau trethi rhannau gogleddol y ddinas a chadw cyfrif o'r dyledion. Ymhen blwyddyn cafodd ddyrchafiad a daeth cyfle i drafod cyfrifon mwy cymhleth yr Adran Gynllunio. Disgleiriai yn ei gwaith. Dan amgylchiadau eraill, ar adeg wahanol, dichon y byddai wedi mynd i'r coleg ac ennill cymwysterau proffesiynol yn ei dewis faes, fel y gwnaeth ei brawd dair blynedd yn ddiweddarach. Ond, ar y pryd, bernid bod angen ei chyflog ar y teulu. Cydymffurfiai â dymuniad ei thad yn hynny o beth. Nid oedd hi'n gwbl fodlon ar y trefniant hwn ond, a hithau'n ferch ufudd a diniwed, ni wyddai eto sut i herio penderfyniadau o'r fath.

Bob nos Wener, o Dachwedd 1963 ymlaen, byddai Mari a'i ffrindiau o'r Cyngor yn mynd i'r Top Rank, i ddawnsio ac i gwrdd â bechgyn. Weithiau, pan oedd bandiau adnabyddus yn ymweld â'r ddinas, aent i neuaddau eraill. Yr uchafbwynt, wrth edrych yn ôl ar eu hieuenctid coll, oedd gweld y Beatles yn y Capitol. Byddai Mari'n brolio byth oddi ar hynny iddi gipio darn o'r *long johns* roedd John Lennon ei hun wedi'u taflu i lawr o'r balconi. Byddai ei phlant, a phlant ei ffrindiau, yn cyffwrdd â'r defnydd di-raen hwnnw a rhyfeddu.

Ond, ar y pryd, roedd yn well gan Mari a'i ffrindiau fynd i'r Top Rank. Treuliai'r merched yno fwy o amser yn dawnsio gyda'i gilydd, mae'n wir, a doedd dim llawer o siâp ar ddawnsio'r rhan fwyaf o'r bechgyn, hyd yn oed y mwyaf golygus ohonynt. Serch hynny, caent hwyl wrth eu llygadu nhw ar ochr arall y stafell a rhannu barn amdanynt a

chwerthin am ben y rhai mwyaf di-glem. Aeth Pegi mor bell
â dyfeisio dull o sgorio pob un, gan roi marc uchel am
daldra a dillad smart (rhoddid pris mawr ar deis lledr, cul
yn y cyfnod hwnnw), a thynnu pwyntiau wedyn am groen
plorynnog, gwallt seimlyd a thrwynau mawr. Gydag amser
a phrofiad, estynnwyd y meini prawf hynny i gynnwys
pethau fel aroglau chwys a glendid ewinedd a safon
cusanu. Ffrind arall, Judith, a fynnai mai'r olaf o'r rhain –
safon y cusanu – oedd y prif linyn mesur. Gellid maddau
llawer o'r beiau eraill o gael lapswchad deche. Ond roedd
anghytuno wedyn a ddylid caniatáu tafodau ar y noson
gyntaf. Daliai Mari nad oedd cusanu gyda thafodau'n
dderbyniol nes bod merch a bachgen wedi dawnsio gyda'i
gilydd ar dair noson wahanol. Y gwir amdani oedd bod
Mari heb deimlo tafod bachgen yn ei cheg eto a doedd hi
ddim am roi gormod o sylw i'r mater. Ceid gwahaniaeth
barn hefyd ynglŷn â pha mor bell y dylai bechgyn fynd â'u
dwylo. Ond ffordd o ladd amser oedd y siarad hyn, yn
bennaf, wrth i'r merched ddisgwyl am y ddawns araf nesaf.
Dim ond yn y dawnsio araf yr ymddiddorai'r bechgyn, gan
fwyaf. 'I gael mocha 'da'u dwylo,' meddai Judith. O bryd i'w
gilydd, byddai'r merched yn anelu gwên fach gynnil at y
bechgyn roedden nhw'n eu ffansïo, a chael gwên fach
wridog yn ôl weithiau. Lladd amser a magu hyder, felly –
dyna oedd diben y siarad hwn.

Yn amlach na pheidio, tebyg at ei debyg oedd y rheol. Er
gwaethaf diffygion eraill y bechgyn, roedd y mwyafrif yn
ddigon craff i sylweddoli nad oedd diben anelu'n rhy uchel
wrth dargedu partner. Doedd neb yn synnu, felly, ar ryw
nos Wener yng ngwanwyn gwlyb 1964, pan ddaeth Jac

Reynolds at Mari a gofyn, gyda gwên swil (a heb eiriau), am ddawns. Roedd yntau, fel hithau, braidd yn fyr a chrwn o gorffolaeth ac, o'r herwydd, yn betrus ynglŷn â'r hyn y gellid ei ddisgwyl ar achlysur o'r fath. Cawsant ddawns araf a chwrtais, heb na thafod na dwylo strae.

Ond syndod mawr i Mari wedyn, ar ôl y ddawns gyntaf, ddi-wefr honno, oedd gweld Jac Reynolds yn dod ati drachefn a gofyn am ddawns arall. Roedd hynny wedi digwydd o'r blaen, wrth gwrs, ond ar ddiwedd y noson yn unig, pan oedd y merched pertaf i gyd wedi cael eu bachu a doedd gan y bechgyn di-glem ddim dewis. Roedd yn syndod hefyd, am nad oedd Mari wedi gwenu arno na dim. Ond efallai mai dyna oedd y gyfrinach – roedd Jac wedi cael ei denu gan ei swildod. Sylwodd nad oedd hi wedi gwenu ar neb arall chwaith, a dod i'r casgliad fod yma enaid cytûn. Ond beth bynnag oedd yn mynd trwy feddwl Jac y funud honno, gwyddai Mari ei fod wedi'i dewis hi o blith yr holl ferched yn y stafell, ac roedd hynny'n ddigon.

Dros yr wythnosau nesaf, dysgodd Mari a Jac ddawnsio i gyfeiliant rhai o'r caneuon mwy bywiog yn ogystal â'r rhai araf. Doedd dim yn gelfydd nac yn fentrus am eu symudiadau, ond roedd ffrindiau'r naill a'r llall yn eu hedmygu – mewn ffordd ychydig yn nawddoglyd, efallai, ond yn ddigon diffuant – am roi cynnig ar ddawnsfeydd poblogaidd y dydd: y *locomotion*, y *monkey* a hyd yn oed *walking the dog*. Carai Jac lygaid caredig ei bartner newydd. Carai hithau ei ddyrnau crwn, ei fysedd garw (prentis saer oedd Jac ac roedd ôl gwaith eisoes i'w deimlo ar ei ddwylo), a'i barodrwydd i chwerthin am ben ei ymdrechion tila ei hun. Carai'r naill gadernid tawel, diffwdan y llall. Siawns nad oedden nhw'n dyheu am ei gilydd hefyd, ond ni fynnen nhw wneud sioe o hynny. Roedd eu swildod yn drech na'u blys. Bodlonent ar gofleidio, ar gusanu gwefusau, ar chwarae dawnsio.

Ar ddiwedd y nosweithiau hyn, ni fyddai Mari a Jac yn siarad ryw lawer: rhaid iddo yntau ddala'r bws olaf adref, a doedd Mari ddim am fynd oddi yno heb ei ffrindiau. Ym mis Mai aethant i'r sinema gyda'i gilydd i weld *It's a Mad, Mad, Mad, Mad World*. Yr wythnos ganlynol, buont ar fwrdd y *Waverley*, yn hwylio draw i Weston-super-Mare. Yno, ym mwyty'r Old Thatched Cottage ar bwys yr harbwr, cafodd Mari ei chyfle cyntaf i sôn am ei gwaith a'i brawd a'i hawydd i fynd i'r coleg a'r astigmatism yn ei llygad chwith, a'r manion bethau eraill roedd wedi gobeithio eu rhannu gydag ef ers amser. Unwaith, ac unwaith yn unig, ar draeth bach Larnog, agorodd Jac ddau fotwm uchaf ei blows a'i chusanu rhwng ei bronnau a'i thynnu ato wedyn nes iddi deimlo'i galedwch. 'Na,' meddai Mari. Tynnodd Jac yn ôl ac ymddiheuro. 'Na, ddim eto,' roedd Mari'n ei olygu, wrth gwrs, ond ni wyddai sut i ddweud 'ddim eto' heb swnio'n rhyfygus. Aeth y ddau'n dawel. Cerddodd Mari at fin y môr. Ciciodd Jac y cerrig mân.

Rhyw nos Wener arall, ar ddechrau'r haf, aeth Mari i'r Top Rank ar ei phen ei hun. Roedd gan Pegi sboner newydd ac roedd yn well ganddynt fynd i'r clybiau – llefydd fel Tito's a Monty's, neu'r Big Windsor i lawr yn y dociau. Roedd Judith ar ei gwyliau gyda'i mam-gu yn Iwerddon. Ni phoenai Mari ryw lawer am hynny: siawns na welai rai o'r merched eraill y daethai i'w lled-adnabod yn ystod yr wythnosau diwethaf. Ac fe ddôi Jac yn ddigon buan, roedd

hi'n sicr o hynny – tua hanner awr wedi wyth neu chwarter
i naw, yn ôl ei arfer. Beth bynnag arall ddwedai pobl am
Jac Reynolds, cytunai pawb y gallech chi ddibynnu arno.

Aeth Mari i'r neuadd ddawnsio, felly, gan wenu ar hon
a'r llall, a gadael ei chôt gyda'r fenyw y tu ôl i'r cownter a
phrynu diod wrth y bar. Bu'n rhyw hanner dawnsio wedyn
gyda'r merched, a'i bag dros ei hysgwydd, a'i llygaid
disgwylgar wedi'u hoelio ar y fynedfa. A doedd dim modd
iddi wybod bod Jac, a fu'n codi estyniad yn y Bont-faen, yn
eistedd yn ysbyty'r Waun y funud honno, ac wedi bod yn
eistedd yno ers chwech o'r gloch, oherwydd roedd wedi cael
damwain ar y ffordd adref. Ac er mai anaf bach digon
dibwys gafodd yntau, roedd ei gyflogwr wedi torri dwy
asen, a theimlai Jac dan ddyletswydd i gadw cwmni iddo
nes bod ei wraig yn cyrraedd. Bu oedi hir cyn i hynny
ddigwydd am fod ei wraig wedi mynd at ei mam, a hithau
heb ffôn yn y tŷ. Ac yn y blaen.

Am ddeg o'r gloch, herciodd Jac i mewn i'r Top Rank a'r
ymddiheuriad yn barod ar ei wefusau. Efallai iddo orwneud
y cloffni rywfaint er mwyn ategu'r ymddiheuriad hwnnw.
Doedd e ddim yn siŵr a fyddai Mari a'i ffrindiau'n
cydymdeimlo neu'n chwerthin – chwerthin, fwy na thebyg,
yr adeg yma o'r nos – ond roedd yn barod am y ddau
bosibilrwydd. Cerddodd i ben pellaf y stafell ac yn ôl
drachefn, gan chwilio am Mari ymlith y merched. Yna,
gyda syndod, fe'i gwelodd yn dawnsio gyda dyn arall. Ni
wyddai enw'r dyn hwnnw; ni fyddai Mari hithau'n gwybod
ei enw am o leiaf awr arall.

Aeth Jac i ymofyn diod ac yna sefyll gyda'r bechgyn
eraill wrth y bar. Penderfynodd aros yno nes bod y gân yn

gorffen, a Mari'n dychwelyd i gorlan y merched. 'Chapel of Love' gan y Dixie Cups oedd yn cael ei chwarae. Ond fe ddaeth y gân honno i ben, a'r gân nesaf hefyd, a pharhau i ddawnsio wnâi Mari a'i phartner newydd. Yn waeth na dim, roedd hi'n chwerthin. Roedd y dyn newydd hwn yn gweiddi rhywbeth yn ei chlust, yn chwifio'i ddwylo wedyn, yn tynnu wynebau dwl, ac roedd hi'n chwerthin. 'My Guy' oedd yn chwarae bellach, a Mary Wells fel petai hithau'n chwerthin hefyd, chwerthin am ben Jac Reynolds a'i dwpdra a'i anallu i wneud dim.

Aeth Jac i brynu diod arall. Penderfynodd gwpla honno ac yna, os nad oedd Mari wedi sylwi arno, fe âi i ganol y llawr i ddweud . . . Doedd e ddim yn siŵr beth, yn union, y byddai'n ei ddweud; ni allai ond gobeithio y dôi'r geiriau yn ôl yr angen, gyda chymorth y cwrw. Aeth i sefyll yn y cysgodion wedyn, er mwyn cadw llygad ar bethau, ac er mwyn osgoi llygaid y lleill. Yfai'n araf. Erbyn i Jac orffen ei beint, roedd Mari a'r dyn newydd yn cusanu. Yn wir, prin eu bod nhw'n dawnsio o gwbl. Roedd dwylo'r dyn yn crwydro ymhellach nag a fentrodd Jac erioed, a doedd ganddo mo'r geiriau i dynnu'r dwylo hynny'n rhydd.

Eisteddodd Mari wrth ffenest y lolfa ac ystyried yr hyn roedd Pegi wedi'i ddweud wrthi. Roedd Dora wedi marw yn yr haf. Neu dyna gafodd Pegi ar ddeall ar ôl rhoi caniad i'w chwaer a dweud bod Mari James newydd fod ar y ffôn, 'mewn tipyn o stad hefyd', a'r ddwy'n crafu'u pennau wedyn, yn ceisio cael gafael ar gysgodion eu gorffennol. A chwaer Pegi'n gorfod holi hen ffrindiau a chymdogion wedyn, cyn cael gwybod i sicrwydd.

Ie, peth rhyfedd, meddyliodd Mari, oedd derbyn carden Nadolig. Ac eto, byddai hynny'n egluro pam y cyrhaeddodd mor hwyr. Gwnaeth lun yn ei meddwl o Jac yn ei alar, yn tynnu'r cardiau o'r drâr, yn ceisio penderfynu beth i'w wneud â nhw. Efallai mai Dora ei hun a'u prynodd, yn ôl yn yr haf, ac roedd Jac am gydnabod y weithred honno. Ie, hi a'u prynodd, mae'n rhaid – go brin y byddai gŵr sydd newydd gladdu'i wraig yn mentro allan i brynu cardiau Nadolig, a dangos i'r byd y fath ddifaterwch. Trueni, meddyliodd Mari wedyn, nad oedd hi wedi gofyn i Pegi: 'Gest ti garden 'da nhw, 'te?' Byddai hynny wedi profi'r peth, bod pawb wedi cael ei drin yr un ffordd.

Marw yn yr haf. Salwch, felly. Salwch go ddifrifol, mae'n debyg, i un yn ei hoedran hi. Neu ddamwain, wrth gwrs. Cwestiwn arall y dylai fod wedi'i ofyn. Ond pa wahaniaeth? Roedd yn rhy hwyr i anfon carden gydymdeimlad. Fedrwch chi ddim derbyn carden Nadolig ac yna anfon carden gydymdeimlad yn ôl. Roedd yna drefn i bethau felly, ac o golli'r drefn honno, fe'i collwyd am byth. Daeth pwl arall o euogrwydd drosti, wrth gofio'i bod hi wedi anfon carden Nadolig at y ddwy ohonynt, a hithau yn ei bedd ers pum mis a mwy. Ond sut roedd gwybod? Bai pwy oedd hynny?

Tynnodd Mari bad sgrifennu o'r *sideboard*. Sgrifennodd ei chyfeiriad a'r dyddiad ar dop y dudalen gyntaf. Yna, 'Annwyl Jac ...' Rhestrodd yn ei meddwl rai o'r pethau roedd angen eu dweud wrtho. Byddai'n dechrau trwy sôn am enedigaeth ei hwyres ym mis Tachwedd. Dywedai rywbeth wedyn am y ddau grwt: yr hynaf yn gyntaf, yna'r ifancaf. A'r gŵr wedyn: byddai'n rhaid cyfeirio at hwnnw. Ond yn gryno, heb wneud sioe o'r peth. Dim ond 'Cofion caredig, Mari' fu ar ei chardiau hi ers deuddeng mlynedd bellach. Gair byr, felly, i sôn am y gwahanu. Rhywbeth moel, ffeithiol. A symud yn ôl, bob yn dipyn, at yr hen ddyddiau, yr atgofion, y troeon trwstan, y siom a'r edifeirwch. A chadw hynny i gyd yn gynnil hefyd, oherwydd pwy sydd eisiau clywed cyffes hen fenyw? Pwy sydd eisiau darllen am hen ffwlbri o'r oes o'r blaen?

Ond Dora'n gyntaf. Byddai'n rhaid dweud rhywbeth am Dora. 'Annwyl Jac . . .'

Erbyn pump o'r gloch y prynhawn, roedd Mari wedi sgrifennu saith llythyr, neu, yn hytrach, saith amrywiad ar yr un llythyr. Darllenodd y seithfed yn uchel, gan gogio ei bod hi'n clywed y geiriau am y tro cyntaf, fel y byddai Jac ei hun yn eu clywed maes o law. Ond wrth wneud hynny, gwnaeth ryw fân newidiadau pellach a bu'n rhaid ailysgrifennu'r cwbl unwaith yn rhagor. Erbyn iddi gwpla, roedd yn rhy hwyr i ddala'r post, ac er nad oedd hi wedi anfon dim at Jac erioed heblaw cyfarchion tymhorol, fe deimlodd y methiant hwnnw i'r byw. Gwastraffwyd hanner canrif; costrelwyd yr amser coll hwnnw i mewn i un diwrnod. 'Fory,' meddai wrthi hi ei hun. Yna, i ategu ei phenderfyniad, rhoddodd y llythyr mewn amlen a sgrifennu cyfeiriad Jac arni. Seliodd yr amlen. Tynnodd stamp o'i phwrs a rhoi honno'n daclus yn y cornel. 'Fory.'

Fore trannoeth, ar ôl noson o droi a throsi, aeth Mari i'r gegin, cydio mewn cyllell ac agor yr amlen. Darllenodd y llythyr eto, dim ond yn ei phen i ddechrau. 'Roedd yn flin iawn gen i glywed . . .' Yna'n uchel. 'Roedd yn flin . . .' A doedd hi ddim yn nabod ei llais ei hun. Taflodd y llythyr i'r bin heb ddarllen ymhellach. Taflodd yr amlen hefyd, y stamp a'r cwbl. Ac wrth yfed ei the boreol, teimlai ryddhad nad oedd hi wedi dala'r post. Yna aeth i baratoi ar gyfer ymweliad Hefin. Cymonodd y gegin a'r lolfa. Aeth i'r siop i brynu rhagor o laeth a llysiau, rhag ofn. Ond mynd am bryd o fwyd mewn bwyty Indiaidd cyfagos a wnaethant yn y diwedd. Drennydd, ddydd Nadolig, aeth at ei mab arall a'i deulu a chyfnewid anrhegion. Ac roedd hi'n falch, am ychydig, nad oedd angen meddwl am Jac.

Wythnos yn ddiweddarach, ar ôl dathlu'r Calan gyda'i brawd a'i wraig, tynnodd y cardiau Nadolig i lawr, yn ôl ei harfer. Doedd ganddi mo'r amynedd i aros tan Nos Ystwyll i wneud hynny: gweddillion y flwyddyn a aeth heibio oedd y rhain, a doedd hi ddim elwach o lusgo'u baich i'r flwyddyn newydd. Tynnodd y cwdyn plastig o'r *sideboard* a thaflu'i gynnwys i'r bin ailgylchu. Gollyngodd y cardiau newydd i'r cwdyn a chau'r drws ar y cyfan. *Aide memoire* ar gyfer y Nadolig nesaf oedd y rhain, ac ni fyddai'n rhaid edrych arnynt eto am ddeng mis arall. Ar ei gwaethaf, felly, wedi cael ei chinio a meddwl bod popeth dan reolaeth, agorodd ddrws y *sideboard* a thynnu carden Jac o'r cwdyn. Tynnodd ei bys ar hyd y sgrifen a cheisio cofio teimlad ei fysedd yntau. Bysedd garw. Dwrn crwn, meddal. Dychmygodd ei henw ei hun yn cysgodi yng nghynhesrwydd y bysedd hynny, yn niogelwch y llythrennau taclus, diffwdan.

Cofion cynnes
Jac a Mari

A meddwl wedyn, gyda braw, a fyddai enw arall yn llenwi'r bwlch bach hwn erbyn y flwyddyn nesaf?

Y dydd Sul canlynol, yn ôl ei harfer, daliodd Mari'r bws i Benarth a mynd am dro ar hyd llwybr y glannau. Roedd yn brynhawn oer ond heulog, heb ddim gwynt. Ond roedd y tywydd garw diweddar wedi torri rhychau dwfn yn y llwybr, a bu bron iddi lithro wrth ddringo'r tyle bach ar bwys penrhyn Larnog. Safodd yno am funud, gan bwyso yn erbyn postyn ffens, i'w sadio ei hun a chael ei gwynt ati. Cysgododd ei llygaid â'i llaw ac edrych draw dros y dŵr i gyfeiriad Weston. Yn ei meddwl, clywodd lais Jac yn enwi'r llefydd y gellid eu gweld o'r fan yma. 'Weston . . . Minehead . . . Weli di'r graig yn y pellter? Lynton sy f'yna.' A'r tawch yn dechrau codi o'r môr erbyn hyn, fel mai dim ond cysgod o graig oedd hi heddiw, heb na dyfnder na phwysau.

Aeth Mari yn ei hôl wedyn, ar hyd yr Esplanade. Cafodd baned o de mewn caffi. Gwenodd ar yr wynebau cyfarwydd – wynebau rhai tebyg iddi hithau, yr oedd ymweld â glan y môr yn rhan o batrwm eu penwythnosau. Cyrhaeddodd gartref erbyn pedwar. Roedd yr haul eisoes wedi disgyn y tu ôl i'r tai ac roedd Mari wedi ymlâdd. Tynnodd ei hallwedd o'i phoced ac agor y gât. A chan nad oedd hi wedi sylwi bod rhywun yn eistedd yn y car oedd wedi'i barcio y tu ôl iddi, cafodd sioc pan glywodd ddrws y car hwnnw'n agor. Oherwydd ei blinder, efallai, siaradodd yn ddigon swta â'r dyn bach moel a ddaeth allan ohono. 'Sorry, you can't park there . . .' meddai. 'Residents' parking only on this side.' A phwyntio at yr arwydd. Yna, yn fwy cymodlon, 'The other side's alright. You can park on the other side.'

'O, 'na fe te. Diolch yn fawr. Af i i'r ochr draw.'

Ni synnodd Mari o gael ateb yn Gymraeg. Roedd hynny wedi digwydd o'r blaen. Byddai pobl yn clywed ei hacen. Ac roedd cymaint mwy o bobl yn siarad Cymraeg yng Nhaerdydd y dyddiau hyn.

''Na chi, te,' meddai Mari. 'Byddwch chi'n iawn f'yna.'

Dychwelodd y dyn i'w gar. Ac roedd Mari'n ddigon bodlon. Adferwyd y drefn. Gallai hithau ddychwelyd i lif ei meddyliau blinedig.

Hanner awr yn ddiweddarach, ar ôl tynnu'i chôt a'i sgidiau a mynd ati i baratoi tamaid o salad i swper, aeth Mari i'r lolfa a chau'r llenni. Wrth wneud hynny, sylwodd fod y dyn dieithr wedi symud ei gar, yn unol â'i chyfarwyddiadau. Sylwodd hefyd, gyda syndod, ei fod yn dal i eistedd yno yn y tywyllwch. Mae'n disgwyl am rywun, meddyliodd Mari. Mae wedi trefnu cwrdd â ffrind ond mae'r ffrind hwnnw'n hwyr. Mae wedi cnocio ar y drws a heb gael ateb a gorfod aros yn ei gar. Neu fel arall, wrth gwrs, gallai fod wedi colli'r cyfeiriad. Hen ddyn yw e. Mae wedi mynd yn anghofus, yn ddryslyd. A byddai hynny'n gwneud synnwyr oherwydd, erbyn hyn, dyma'r dyn yn dod allan o'r car ac yn cerdded i gyfeiriad y tŷ. Ydy, meddyliodd Mari. Mae e wedi colli cyfeiriad ei ffrind, ac wedi sylwi ar y golau yn fy ffenest ac yn dod draw i holi. Gallai weld hynny yn ei wyneb: ychydig o ddryswch, y cwestiwn yn ymffurfio ar ei wefusau.

Canodd y gloch. Atebodd Mari'r drws.

'Mae'n flin gen i ... Fi sy yma eto. Roeddwn i ... Roeddwn i ...'

Plethodd Mari ei breichiau yn erbyn yr oerfel. Arhosai am y cwestiwn disgwyliedig, gan wybod bod rhaid arfer amynedd gyda dynion o'r fath.

'Roeddwn i'n digwydd pasio drwyddo, a meddwl ...

Gobeithio nad oes ots . . . Mae wedi bod yn amser hir . . .'

'Do, fe'ch gweles i chi . . .'

'Mm . . . ? Mae'n flin . . . ?'

'Yn eistedd yn eich car. Chi wedi bod yn eistedd 'na ers sbel.'

Aeth yntau'n dawel. Edrychodd arni fel petai'n disgwyl iddi ddweud rhagor. Yna, am fod yr oerfel yn brathu, a'r dyn yn dal i sefyll yno, ac ni allai feddwl am ddim byd arall i'w ddweud, dywedodd Mari: 'Gallwch chi ddod miwn, os y'ch chi moyn . . . Mae'n well nag eistedd mas f'yna.'

'Wel . . . Mae hynny'n garedig . . .'

Aethant i'r gegin. Ni thynnodd yr ymwelydd ei gôt. Wrth roi'r tegil ymlaen a pharablu am bethau dibwys – y tywydd, yr ardd, pa mor ddrud oedd hi i gynhesu'r tŷ y dyddiau hyn – fe deimlodd Mari wefr fach o gael gwahodd dyn i'w thŷ unwaith yn rhagor. Dim ond wedyn, ar ôl eistedd i lawr, a chael gwell golwg arno a'i glywed yn ffwndro braidd, yn baglu dros ei eiriau, ac yn chwerthin wedyn am ben ei letchwithdod ei hun, y sylweddolodd fod yna rywbeth cyfarwydd ynglŷn â'r dieithryn hwn.

'Bues i draw ym Mhenarth heddi . . .'

A fe ddwedodd Mari hynny, a rhoi'r hanes i gyd – am gerdded ar hyd y llwybr a mynd i'r caffi – gan obeithio y byddai ynatu'n cofio wedyn ac yn dweud, 'Ie, ie, wrth gwrs, y caffi bach 'na ar y prom . . . Rwy'n cofio'ch gweld chi yno.' A byddai hynny'n datrys y dirgelwch.

Ond wnaeth e ddim. Oherwydd hynny, aeth Mari ymlaen i sôn am ei Nadolig, a'i phlant, a phethau teuluol o'r fath, dim ond er mwyn llenwi'r tawelwch. A bu'n meddwl wedyn, na, mae hwn yn mynd yn ôl ymhellach na'r caffi a'r cerdded ar y prom. Ond i ble? I'r Cyngor, efallai. Buodd e'n gweithio gyda fi yn y Cyngor. Oedd, roedd hynny'n bosibl. Neu McLay's, hyd yn oed. Roedd hynny'n bosibl hefyd. A dichon y byddai hi wedi mentro gofyn, 'Tybed a fuoch chi . . . Mae golwg cyfarwydd . . .' Ond ofnai wneud camgymeriad a chochi wedyn a'i dangos ei hun fel hen fenyw anghofus.

Yn fwyaf arbennig, erbyn hyn, ni ofynnodd Mari'r cwestiwn hwnnw oherwydd roedd arni ofn gwneud loes i'r dyn bach swil a hynaws a eisteddai o'i blaen, yn sipian ei de, yn edrych allan ar yr ardd a'r tywyllwch yr ochr draw. Ac hyd yn oed os mai camgymeriad oedd hyn i gyd, ac mai dim ond hen fenyw ddryslyd oedd hi wedi'r cyfan, ac yntau'n hen ddyn na welsai mohono erioed o'r blaen, doedd dim ots am hynny. Roedd hi'n mwynhau rhannu ei gwmni am ychydig. Byddai siŵr o fod yn dweud ei hanes yn y man. Pan gâi hyd i'r geiriau. A doedd dim angen rhoi pwysau arno. Deg munud arall, efallai, cyn iddo fynd. Digon o amser i gael paned bach eto. Amser i glywed peth o'i hanes.

'Mae croeso i chi dynnu'ch côt, ch'mod.'

♥

LLIO MAI HUGHES
Beth os?

Ar ôl siwrnai ddiawledig arall i'r swyddfa, roedd Ceri bellach yn eistedd o flaen ei chyfrifiadur yn disgwyl iddo lwytho. Dilynodd ei llygaid y smotyn bach du oedd yn mynd rownd a rownd mewn cylchoedd.

'C'mon, dwi ar 'i hôl hi fel ma' hi!'

Edrychodd o'i chwmpas ar bawb arall wrthi'n teipio'n ddiwyd. Trodd ei sylw'n ôl at y peiriant o'i blaen, a oedd, chwedl ei hen athrawes ysgol gynradd, yn ara' deg 'fel malwan yn sownd mewn côl tar'. Daliai'r smotyn i droelli nes, o'r diwedd, y stopiodd, yna diflannu, a daeth llun o draeth melyn, môr glasach na glas, a choed palmwydd i'w chroesawu.

'Hale-blincin-liwia!'

Fflachiodd neges ar y sgrin – 14 e-bost newydd.

'Tipical', meddai o dan ei gwynt.

Roedd hi wedi gadael y swyddfa hanner awr yn gynt na'r arfer neithiwr am ei bod wrthi'n symud pethau o'i hen fflat i'r un newydd. Mae'n rhaid bod pawb wedi anfon neges funud olaf ati cyn iddynt hwythau adael y swyddfa. Darllenodd y negeseuon fesul un cyn dewis a dethol y rhai a fyddai'n cael eu hel yn ddiseremoni i'r bin sbwriel. Roedd

ganddi restr hir o bethau roedd rhaid iddi eu gwneud a
digon ar ei phlât i'w chadw'n brysur iawn am y deuddydd
os nad y tridiau nesaf. Roedd hi bellach wedi bod yn
gweithio fel clerc gweinyddol i Gymdeithas Tai Ylched am
bum mlynedd, bron. Dim ond am flwyddyn neu ddwy roedd
hi wedi bwriadu aros yn y swydd, cyn symud ymlaen i
rywbeth gwell. Ond, wrth gwrs, doedd dim byd gwell ar
gael.

Fel rhan o'i dyletswyddau roedd gofyn iddi drefnu
ambell ddigwyddiad, fel y cinio blynyddol ar gyfer dathlu
pen-blwydd y cwmni. Roedd hi yng nghanol trefnu'r cinio
hwnnw – rheswm arall pam ei bod yn brysurach na'r arfer.
Brysiodd i ymateb i'r gwesty a fyddai'n cynnal y
digwyddiad, i Sandra a oedd yn gyfrifol am ochr ariannol y
busnes, i'r cwmni a oedd yn dylunio'r gwahoddiadau, ac i'r
ffotograffydd.

Edrychodd Ceri ar gornel waelod ochr dde ei sgrin, roedd
hi'n hanner awr wedi deg. Amser paned. Byddai'n cael ei
phaned foreol, ei chinio, a'i phaned bnawn ar yr un amser
bob diwrnod. Pwysodd y botwm 'anfon' unwaith eto cyn
codi a cherdded tua'r gegin. Roedd Rachel, a oedd yn
gyfrifol am farchnata, yn eistedd wrth y bwrdd yn yfed ei
choffi. Cafodd y ddwy swydd efo'r cwmni tua'r un adeg, ac
er nad oedd Ceri'n rhy hoff ohoni ar y dechrau, gan ei bod
yn gallu bod yn eithaf busneslyd, roedd y ddwy bellach
wedi tyfu i fod yn dipyn o ffrindiau. Aeth Ceri i ferwi'r
tegell.

'Sud ma'r *big move* yn mynd, Ceri?'

'Ddim rhy ddrwg, diolch. 'Nes i lwyddo i symud y rhan
fwyaf o'r stwff i'r lle newydd dros y penwythnos, ac mi

fuodd Mam a Dad yn helpu nos Lun a neithiwr i llnau ac ati. Felly dwi'n meddwl bod y rhan fwya' o'r gwaith calad wedi'i neud.'

'Doedd O ddim o gwmpas?' holodd Rachel.

Dyma'r math o fusnesu nad oedd Ceri'n ei hoffi, ond roedd hi wedi hen arfer erbyn hyn.

'Oedd, mi oedd o yna ddydd Sul. Nath o gynnig helpu, ond ddudes i wrtho fo lle i sdicio'i help.'

'A da iawn chdi 'fyd. Y diawl powld. Dwi'm yn gwbod pam mai chdi 'di'r un sy'n goro' symud allan, tra bod y basdad bach yna'n ca'l gneud be licith o.'

A dyma un o'r rhesymau pam roedd y ddwy'n ffrindiau erbyn hyn. Roedd Rachel wedi bod yn gefn iddi'n ddiweddar, ac yn llwyddo i wneud iddi deimlo'n well gyda sylwadau fel hyn.

'Yli, dwi 'di deud, do'n i'm isio aros munud yn fwy yn y fflat 'na ar ôl be nath o, felly 'nes i ddewis symud. A be bynnag, ma'r fflat newydd yn un neisiach o lawar, ac yn nes at fama.'

'Os ti'n deud.'

Ar hynny, gwnaeth Ceri ei phaned o de. Y 'fo' dan sylw oedd Gareth. Roedd Ceri a Gareth wedi bod efo'i gilydd am ychydig fisoedd cyn iddi dderbyn ei swydd efo'r cwmni, ond bron i ddeufis yn ôl daeth i wybod ei fod wedi bod yn gweld rhywun arall y tu ôl i'w chefn ers chwe mis, o leiaf. Derbyn tecst gan Gareth wnaeth hi, yn dweud, 'Grêt cael gweld chdi pnawn 'ma, methu disgwl i gael fy ngafal arna chdi eto nos Fawrth xxx'. Doedd o'n amlwg ddim yn decst roedd hi i fod i'w dderbyn, ac ar ôl iddi wynebu Gareth cafodd wybod y gwir. Bu'r ddau'n ceisio cymodi am ryw bythefnos ond waeth faint o weithiau y dywedai Gareth ei fod o'n sori, doedd dim posib i Ceri faddau iddo. Gadawodd y fflat a mynd i fyw efo'i rhieni am ychydig wythnosau, nes iddi allu dod o hyd i fflat newydd. O'r diwedd roedd hi wedi cael y goriadau ac wedi cael gwared ar Gareth am byth – gobeithio!

Ar ôl ychydig mwy o sgwrsio efo Rachel, dychwelodd Ceri i'w desg lle roedd pum e-bost newydd yn disgwyl amdani. Dwy neges 'out-of-office', un gan y gwesty, un arall gan Sandra, ac un arall a dynnodd ei sylw'n fwy na'r gweddill. Roedd yr e-bost hwn gan ddyn o'r enw Marc, nid Mark Parry y ffotograffydd, ond Mark cwbl wahanol. Marc efo 'c' nid 'k'. Mae'n rhaid ei bod wedi teipio'r cyfeiriad e-bost i mewn yn anghywir wrth frysio. Byddai'n rhaid iddi anfon e-bost arall at y Mark cywir, felly. Ond, o feddwl ei bod wedi anfon neges at y person anghywir, roedd gan y Marc yma dipyn i'w ddweud:

'Mae'n ddrwg gen i anfon neges mor hir, ond rydw i wedi symud o Gymru ers rhyw ddeng mlynedd bellach, a dwi prin yn cael cyfle i siarad Cymraeg gydag unrhyw un, felly roedd derbyn e-bost Cymraeg yn dipyn o syrpréis. Ga i fod mor hy â gofyn o ba ran o Gymru ti'n dod?'

Edrychodd Ceri ar yr e-bost, yna ar y rhestr hir o bethau roedd ganddi i'w gwneud cyn diwedd y dydd. Doedd ganddi ddim amser i falu awyr efo rhywun oedd yn hollol ddiarth iddi. Ond er hynny, roedd rhywbeth yn ei denu at y botwm 'ateb'. Hoffai'r ffaith ei fod wedi'i galw'n 'ti' nid 'chi'. Roedd hi'n haws yn Saesneg, a phawb yn *you*, ond byddai wastad yn cael trafferth penderfynu, wrth anfon neges at rywun, ai 'ti' neu 'chi' ddylai ei ddefnyddio. Beth bynnag, aeth ati i lunio ei hateb. Wedi'r cwbl, roedd rhywbeth yn well na gwirio'r ffurflenni costau teithio! Dywedodd wrth Marc ei bod yn byw yn Llanfaelog yng ngogledd Cymru, a'i bod yn gweithio i Gymdeithas Tai Ylched, gan esbonio'r cam-gymeriad roedd hi wedi'i wneud wrth anfon yr e-bost. Edrychodd dros y neges yn sydyn cyn ei hanfon. Atebodd ambell e-bost arall cyn wynebu'r dasg o wirio ffurflenni costau teithio'r staff. Gweithiodd drwy'r bwndel cyn troi'n ôl at y cyfrifiadur i lunio llythyr ar ran Maldwyn, y bòs, i'w anfon at rai o'r cleientiaid. Clywai'r glaw yn taro'r ffenestr y tu ôl iddi. Roedd hi'n casáu tymor yr hydref, pan roedd pob arlliw o'r haf wedi diflannu, a gaeaf hir ac oer o'i blaen. Ond doedd dim dianc. Trodd ei sylw'n ôl at ei gwaith ac o'r diwedd daeth amser cinio.

Pan ddychwelodd, roedd e-bost newydd gan Marc yn ei disgwyl. Synnodd ei hun trwy deimlo'n hapus ei bod wedi derbyn neges arall! Doedd hi ddim wedi disgwyl iddo anfon ateb ati – wedi'r cyfan, beth mwy oedd i'w ddweud? Agorodd y neges:

Annwyl Ceri,
Roeddwn i'n byw yng ngogledd Cymru hefyd, yn Henryd. Dwi'n cofio mynd i Lanfaelog sawl gwaith pan oeddwn i'n hogyn bach efo Mam a Dad. Byd bach, yndê? Dydw i ddim wedi bod 'nôl yng Nghymru ers dros ddwy flynedd bellach. Fe wnes i symud ar ôl gorffen fy ngradd. Mae'n ddrwg gen i wastraffu dy amser di, mae hi jest yn neis cael siarad efo rhywun yn Gymraeg. Ond dwi'n siŵr fod gen ti bethau gwell i'w gwneud na wastio dy amsar yn rwdlan efo fi!
Hwyl,
Marc

Roedd o'n dod o Henryd! Byd bach, yn wir. Roedd gan Ceri ei hun ryw fath o deulu'n byw yno. Pam roedd pethau fel hyn wastad yn digwydd efo'r Cymry? Ceisiodd wneud syms yn ei phen. Roedd o wedi gadael ar ôl graddio, felly fe fyddai wedi graddio yn un ar hugain mlwydd oed, ac yn yr e-bost cyntaf roedd o'n dweud ei fod wedi symud o Gymru ers deng mlynedd, bron, felly dim ond rhyw bedair blynedd yn hŷn na hi oedd o. Roedd hi ar fin dechrau sgwennu e-bost i'w ateb pan ddaeth Sandra o'r Adran Gyllid ati.

Bu Sandra yno'n trafod materion ariannol diflas am ddwy awr, ac roedd hi'n amser paned pnawn erbyn i Ceri gael cyfle i feddwl am wneud unrhyw fath arall o waith, heb sôn am ateb yr e-bost. Wedi paned sydyn aeth yn ôl at ei gwaith, gan hel Marc i gefn ei meddwl. Treuliodd weddill y prynhawn yn mewnbynnu data, yn mynd trwy ystadegau ariannol ac yn delio â chleientiaid dros y ffôn, heb sôn am orfod dioddef Maldwyn yn ei mwydro am dros ugain munud. Roedd o'n gallu bod yn dipyn o *creep* weithiau, ac roedd Ceri bron yn siŵr ei fod o'n waeth ers iddi fod yn sengl. Byddai'n dweud rhyw bethau rhyfedd fel 'Cofia mod i'n gweithio'n hwyr heno felly mae croeso i ti ddod ata' i pan fydd pawb wedi mynd er mwyn cael sgwrs, jest ni'n dau.' Ych. Roedd o tua phymtheg mlynedd yn hŷn na hi, efo gwallt tywyll seimllyd, trwyn main, ac roedd o'n fyr ac yn foliog. Llifodd rhyw ias amhleserus trwyddi.

Arhosodd Ceri yn y swyddfa'n hwyrach na'r arfer. Roedd ganddi ychydig o waith i'w wneud o hyd, felly ar ôl bwyta'i phryd i un aeth ati i'w orffen. O leiaf byddai hynny'n golygu y byddai'n llai prysur fory, wel, os nad oedd gan ei bòs fwy o dasgau diflas iddi eu gwneud, jest er mwyn iddo gael siarad â hi. Wrth orffen ei gwaith cofiodd yn sydyn am Marc. Darllenodd ei neges eto cyn penderfynu ei ateb. Dywedodd nad oedd hi'n meindio sgwrsio ag o gan ei fod yn newid bach braf o'r holl e-byst gwaith undonog arferol. Soniodd am y teulu oedd ganddi'n byw yn Henryd, ac am sut y bu yno'n ymweld â nhw sawl gwaith pan oedd hi'n blentyn. Aeth yn ei blaen i ddweud ei bod yn mynd am dro ar hyd traeth Porth Trecastell, ger Llanfaelog, ar nosweithiau braf a gofynnodd i ble roedd o wedi symud i fyw.

Wedi iddi anfon y neges a gorffen gweddill ei gwaith, setlodd ar y soffa i wylio ychydig o'r sothach oedd ar y teledu. Doedd dim byd diddorol ymlaen, ond gwyliodd *Embarrassing Bodies*. Am ryw reswm roedd hi wrth ei bodd â'r rhaglen, ond roedd hi methu'n lân â deall pam nad oedd y bobl yn mynd i weld eu doctoriaid, yn hytrach na dangos yr hyn oedd yn eu poeni i wylwyr y byd a'r betws. Wedi cael llond bol o edrych ar sawl *rash* annymunol ac ambell *haemorrhoid* penderfynodd ei bod yn amser diffodd y teledu. Cafodd ei hun yn dychmygu sut roedd Marc yn edrych. Byddai'n hoffi gwneud hynny gydag ambell gleient pan fyddai'n siarad â nhw'n gyson. Oedd o'n dal, efo gwallt tywyll ac yn olygus? Ynteu a oedd o'n debycach i Shaggy o *Scooby-Doo* ac efo *rash* neu *infection* fel y bobl ar *Embarrassing Bodies*? Cyn ei throi hi am y cae sgwâr aeth i edrych ar ei negeseuon e-bost. Ni fyddai'n trafferthu fel rheol, ond roedd rhywbeth yn dweud wrthi am wneud heno. Serch hynny, nid oedd yr un neges yn ei disgwyl.

Cyrhaeddodd y swyddfa'n brydlon y bore canlynol gan ddilyn yr un drefn arferol. Pan agorodd raglen Outlook,

roedd neges arall gan Marc. Dywedodd wrthi am y gwyliau
y bu'n eu treulio mewn carafán, ddim ymhell o Lanfaelog,
ac am ei anturiaethau'n gwersylla yn Rhosneigr efo'i
ffrindiau. O'r cyfan roedd wedi'i ddysgu amdano o'r
negeseuon, y sioc fwyaf oedd darganfod ei fod yn byw yn
Awstralia! Y diawl lwcus. Am ryw reswm, roedd wedi
dychmygu mai i rywle yn Ewrop y byddai wedi symud –
Ffrainc, yr Eidal neu Sbaen, nid ochr arall y byd.
Dechreuodd freuddwydio am ba mor braf fyddai bod yn
Awstralia y funud honno. Anfonodd neges yn ôl yn dweud
pa mor eiddigeddus ohono roedd hi gan ei bod mor oer a
glawog yng Nghymru, a bod ei bywyd hi'n ofnadwy o
ddiflas. Roedd hi mor hawdd siarad â Marc. Tybed a oedd
hynny oherwydd nad oedd hi erioed wedi'i gyfarfod?
Canodd y ffôn gan ei thynnu 'nôl i'r byd go iawn. Daeth
amser cinio heb unrhyw neges bellach. Dechreuodd feddwl
ei bod wedi dweud gormod, efallai. Wedi bod yn rhy frwd.
Claddodd ei hun yn ei gwaith nes daeth amser paned a
phan ddaeth hi'n ôl, oedd, roedd neges gan Marc yn ei
disgwyl:

Dwi'n siŵr y basa chdi wrth dy fodd yma. Bydd rhaid i chdi
ddod draw rhywbryd. Mi o'n i'n casáu'r gaeaf yng Nghymru, ac
mi oedd y tywydd yn amlwg yn un o'r rhesymau pam wnes i
benderfynu symud yma yn y lle cynta. Mi wnes i astudio i fod
yn filfeddyg, ac roedd hynny'n cynnig cyfle i allu gweithio ar
draws y byd. 'Nes i gymryd risg a phenderfynu symud yma i
Beerwah ar ôl graddio, a fues i'n ddigon lwcus i gal rhyw fath o
brentisiaeth efo milfeddyg, sydd wedi arwain at swydd lawn-
amser yn helpu anifeiliaid yn y sw leol.
Dwi'n siŵr nad ydi dy fywyd di mor ddiflas â hynny. Ti'n byw

mewn ardal lyfli a dwi'n siŵr bo' 'na fwy na digon o *surfers* i dy gadw di'n hapus yna. (Ella bo gen ti gariad, wrth gwrs!)
Marc

Oedd o newydd ei gwahodd hi i Awstralia a gofyn a oedd hi'n sengl?! Na, jest dweud y dylai hi fynd yno oedd o, a thrio codi'i chalon wrth sôn am *surfers*. Ond wedyn, doedd dim rhaid iddo ddweud yr un o'r ddau beth. Aeth y diwrnod heibio'n llawer cyflymach na'r arfer, a bu Ceri'n trefnu stoc y swyddfa efo gwên ar ei hwyneb am y tro cyntaf erioed. Ond doedd hi ddim wedi'i ateb eto. Dechreuodd feddwl. Roedd pethau wedi dechrau symud o fod yn sgwrs ddiniwed, tebyg i'r un y byddai rhywun yn ei chael ar y ffôn efo dyn cwmni insiwrans car – fo'n gofyn sut mae'r tywydd, chdi'n gofyn o ble mae o'n galw, fo'n gofyn a oes gen ti blaniau am weddill y diwrnod, ac ati – i fod yn sgwrs dipyn mwy personol, a hyd yn oed dipyn o fflyrtio! Beth petai o'n rhyw hen ddyn budur efo clamp o fol cwrw, neu'n rhywun efo wyneb fatha Voldemort, neu'n rhywun yn ceisio'i thwyllo? Roedd hi wedi darllen sawl stori ar y we am ddynion pyrfi'n denu merched diniwed i'w cyfarfod nhw trwy gogio bod yn hync neu'n *sugar daddy*.

Roedd hi wedi gwastraffu pum mlynedd efo Gareth – pump o flynyddoedd gorau ei hugeiniau, a doedd hi'm isio cael ei brifo eto. Roedd y rhan synhwyrol ohoni'n dweud wrthi am adael i bethau fod. Doedd hi prin yn adnabod Marc, doedd hi'm yn debygol o'i gyfarfod o, gan ei fod o'n byw mor bell a byth yn dod i Gymru, a doedd ganddi mo'r syniad lleiaf sut roedd o'n edrych! Ond roedd rhyw ran arall ohoni, y rhamantydd ynddi efallai, yn ysu am gael anfon neges yn ôl. Beth petai hyn yn rhan o ffawd, yn fwy na chyd-ddigwyddiad, a'i bod hi i fod i gwrdd â'r Marc 'ma? Pwyllodd am eiliad a rhoi ei llaw ar ei thalcen. Roedd hi wastad yn gwneud hyn. Yn gorfeddwl ac yn gadael i'w dychymyg fynd â hi ar gyfeiliorn. Ond wedyn, doedd ganddi ddim byd i'w golli, nag oedd?

Aeth y sgwrsio drwy e-bost yn ei flaen am ryw dair wythnos, a daeth y ddau i adnabod ei gilydd yn well. Roedd hi'n anodd siarad y tu allan i'w horiau gwaith, oherwydd y gwahaniaeth amser rhwng Awstralia a Chymru, ond byddai Ceri'n aros i fyny'n hwyr ambell noson, a Marc yn gwneud yr un fath ar nosweithiau eraill.

Ydi o'n bosib i chdi ddechra' syrthio mewn cariad efo rhywun ar ôl llai na mis o'i nabod, a heb hyd yn oed ei gyfarfod?

Teimlai Ceri'n wirion am feddwl y ffasiwn beth, ond roedd o fel tasa 'na ryw drydan rhyngddyn nhw. Er hynny, roedd hi'n dal i deimlo'n anesmwyth am nad oedd hi'n gwybod sut oedd o'n edrych. Doedd hi'm yn berson oedd yn malio'n ormodol am y fath bethau, ond mae'n rhaid bod 'na ryw fath o atyniad corfforol rhwng dau berson os ydyn nhw am fod mewn perthynas, yn does? Gwyddai ei bod hi'n rhoi'r drol o flaen y ceffyl rhyw 'chydig wrth ddweud hynny. Dyna sut ddechreuodd y ddau siarad dros Skype. Ceri gododd y pwnc, ac roedd Marc yn fwy na bodlon gan ei fod yntau'n ysu am gael gweld sut roedd hi'n edrych hefyd.

Daeth y foment fawr ac roedd ei bol hi'n troi. Roedd hi wedi pincio ychydig mwy na'r arfer, ac wedi gwisgo'n fwy secsi. Eisteddai o flaen ei chyfrifiadur yn disgwyl am yr alwad, a dechreuodd ddifaru awgrymu'r fath beth. Efallai y byddai wedi bod yn well petai wedi gadael i bethau fod, a bodloni ar y llun dychmygol oedd ganddi ohono yn ei phen. Wrth feddwl am yr holl bethau a allai fynd o chwith, fflachiodd y sgrin. Bu bron iddi redeg o'r stafell a'i hanwybyddu, ond cymerodd anadl ddofn a sadio'i hun cyn pwyso 'accept'. Cymerodd ychydig eiliadau i'r alwad gysylltu, ond ymhen dim ymddangosodd ei wyneb ar y sgrin. Bu bron i Ceri ddechrau glafoerio yn y fan a'r lle. Roedd Marc yn bêb! Doedd o ddim y math o foi y byddai wedi'i ddewis fel rheol, gan ei bod hi'n hoff iawn o ddynion â gwallt tywyll, ond roedd ei wallt melyn golau a'i groen euraid o'n gwneud i'w thu mewn hi doddi. Ond oedd hi'n ei blesio fo? Roedd ganddo wên ar ei wyneb, oedd yn gorfod bod yn arwydd da! Sylwodd nad oedd yr un o'r ddau wedi yngan gair eto, felly mentrodd ddweud helô. Bu'r sgwrs ychydig yn lletchwith i ddechrau, ond buan iawn y daeth y ddau i siarad mor rhwydd â'u negeseuon e-bost. Ar ôl i'r ddau ffarwelio, diffoddodd Ceri'r sgrin gyda chlamp o wên ar ei hwyneb a rhoddodd ochenaid o ryddhad. Bu'n gwenu fel giât am wythnosau. Roedd pethau rhyngddi hi a Marc yn mynd yn grêt. Roedden nhw hyd yn oed wedi dechrau tecstio, a byddai'n derbyn ambell neges fach ddrygionus ganddo o bryd i'w gilydd. Hedfanodd diwrnod tân gwyllt heibio, a buan y daeth Tachwedd 27, pen-blwydd ei thad yn drigain. Dyna pryd y cafodd wybod bod ei rhieni wedi bwcio gwyliau i fynd i ddathlu'r Nadolig yn Efrog Newydd – hebddi hi.

Wrth eistedd yn ei fflat un noson ddechrau Rhagfyr, gwawriodd arni y byddai'n treulio'r Nadolig ar ei phen ei hun am y tro cyntaf erioed. Byddai ei rhieni'n treulio'r

Nadolig a'r flwyddyn newydd yn Efrog Newydd ac roedd ei ffrindiau'n mynd i fod efo'u teuluoedd neu eu cariadon. Ac roedd hi, mwy na thebyg, yn mynd i fod yn treulio'r Nadolig yn unig yn ei fflat yn gwylio *Christmas Special Midsomer Murders* efo potel o win neu ddwy (neu dair neu bedair), ac yn bwyta *turkey dinner ready meal for one* o Tesco. Sôn am ddigalon. Roedd hi'n teimlo'n union fel Bridget Jones ar ôl cael ei dympio am y canfed tro, yn gorwedd ar ei soffa yn ei dillad hyllaf ond mwyaf cyfforddus ac yn boddi mewn hunandosturi a thunnell o hufen iâ gan ei ffrindiau gorau, Ben a Jerry. Petai unrhyw un o'i ffrindiau neu aelodau o'i theulu yno efo hi mi fyddai'n gofyn iddyn nhw basio hances iddi, ond na, roedd yn rhaid iddi nôl un ei hun.

Daeth Rhagfyr 17, 18 ac 19, ac o'r diwedd roedd y gwyliau bron â chyrraedd. Roedd Maldwyn yn ddigon o *creep* ar ddiwrnod arferol, ond roedd Maldwyn a chymysgedd o garolau, uchelwydd a het Siôn Corn gan gwaith gwaeth! Croesawodd Ceri'r diwrnodau olaf fel y croesawod·l y bugeiliaid a'r doethion Iesu Grist i'r byd. Cyrhaeddodd y post a rhoddodd y botel o win arferol i'r postman yn anrheg gan y cwmni. Wrth roi trefn ar y post daeth ar draws llythyr roedd wedi'i anfon ati hi. Roedd hynny'n rhyfedd iawn, gan nad oedd byth yn derbyn unrhyw bost iddi hi'n bersonol yn y gwaith. Agorodd y llythyr yn llawn cynnwrf. Bu bron iddi gael ffit pan welodd gynnwys yr amlen a gallai deimlo'i chalon yn curo yn erbyn ei hasennau. O'r amlen tynnodd docyn awyren, i Awstralia. Roedd 'na nodyn hefyd:

'Anrheg gynnar. Plis ty'd. Dwi isio treulio'r Nadolig efo chdi. Marc x'

Roedd ei bol yn teimlo fel petai 'na fil o bilipalod yn gwneud *rhythmic gymnastics* ynddo fo. Edrychodd ar y dyddiad. Roedd yr awyren yn gadael am 19:23 . . . heno! 'Be ddiawl dwi'n mynd i'w neud?' Ar un llaw, roedd hi bron â thorri'i bol eisiau mynd, ond ar y llaw arall roedd ganddi ddau ddiwrnod arall o waith cyn y gwyliau. Daeth Rachel heibio.

'Gwena, wir Dduw, mae bron yn Ddolig!' meddai honno.

Dangosodd Ceri'r tocyn a'r nodyn iddi. Bu'r ddwy'n trio meddwl am ffordd o'i chwmpas hi, ond doedd Rachel hyd yn oed ddim yn gallu meddwl am gynllun digon cyfrwys y tro hwn. Ar hynny, pwy gyrhaeddodd ond Maldwyn. Aeth Rachel yn ôl at ei desg, cododd Ceri a daeth Maldwyn y tu ôl i'r ddesg i sefyll wrth ei hochr. Cododd ddarn o uchel-wydd uwch eu pennau.

'Sgin ti sws i Siôn Corn 'ta?' medda fo, wrth roi ei law am ei chanol.

Symudodd Ceri oddi wrtho. 'Dwi'm yn meddwl bo' hynny'n syniad da iawn,' atebodd.

Newidiodd Maldwyn o fod yn Siôn Corn hapus i fod yn debycach i'r Grinch. Doedd o'n amlwg ddim wedi disgwyl cael ei siomi.

'Wel, gan bo' gen ti ddigon o amser i fod yn sgwrsio efo Rachel, be' am i ti orffen yr adroddiad 'na i mi erbyn diwedd y dydd er mwyn i ti gael cychwyn ar y ffurflenni 'na fory?' meddai Maldwyn yn sarrug cyn troi ar ei sawdl a mynd yn ôl i'w swyddfa.

Eisteddodd Ceri yn ei sedd yn gegrwth. Doedd dim rhaid i'r adroddiad fod i mewn tan ar ôl y flwyddyn newydd! Doedd ganddo fo mo'r hawl i'w thrin hi fel'na ac yna pwdu pan nad oedd o'n cael ei ffordd ei hun. Wrth i'r munudau fynd heibio roedd hi'n mynd yn fwy ac yn fwy anniddig. A phan drawodd fwg o de dros y ffurflenni ar ei desg, dyna oedd ei diwedd hi. Cododd, ac anelu'n syth am swyddfa Maldwyn.

'Dwi 'di cal llond bol o wneud yr un peth drosodd a throsodd, a gneud jobsys bach *crap* dros bawb arall. Sdwffia dy job, dwi'n rhoi'r gora' iddi. Nadolig Llawen!'

Ac i ffwrdd â hi. Roedd o fel petai hi ar *Stars in their Eyes* ac wedi camu allan o'r mwg yn berson hollol wahanol. Cyrhaeddodd adref ac roedd ei dwylo hi'n crynu gan gynnwrf wrth iddi bacio'i chês. Beth oedd hi'n mynd i fynd efo hi? Faint o ficinis, faint o ffrogiau, faint o sandalau? Taflodd bob dim i mewn i'r cês ac erbyn iddi orffen roedd o'n edrych fel ei fod ar fin ffrwydro. Daliodd y trên o Rosneigr, tecstio'r newyddion da i Marc, ac mewn dim, roedd hi ym maes awyr Manceinion. Rhuthrodd i gael rhoi ei chês i mewn, ac wrth nesáu at giât 11 gwelodd y stiward yn dechrau ei chau. Gwaeddodd arno a rhedeg fel Usain Bolt er mwyn sicrhau ei lle ar yr awyren.

Roedd hi methu credu'r peth. Roedd hi, Ceri Haf Ellis, nad oedd hyd yn oed yn hoffi mentro ordro rhywbeth gwahanol i'r arfer oddi ar fwydlen pan oedd hi'n mynd allan am swper, yn eistedd ar yr awyren yn barod i hedfan i Awstralia! Ac ocê, oedd, mi oedd hi'n cachu brics. Beth os basa fo'n hollol wahanol i'r Marc roedd hi wedi dod i'w nabod dros y ddeufis dwytha? A beth os basa gweld ei gilydd wyneb yn wyneb yn chwalu'r holl drydan hwnnw fu rhyngddyn nhw? Ond, wrth eistedd yn sedd 27B efo gwydraid mawr o win, roedd hi, Ceri Ellis, yn teimlo'n fyw, a doedd hi'n malio dim am yr un 'Beth os?'

Haf 1970

Eisteddai Olwen yn ei chadair freichiau gyfforddus yn mwytho mygaid o goffi du. Roedd angen y siot cryf o gaffîn arni i'w dadebru ar ôl diwrnod o warchod Elin, ei hwyres wyth mlwydd oed. Ond bellach roedd y fechan, diolch byth, yn ddigon bodlon yn eistedd wrth fwrdd y gegin yn tyrchu am drysorau ym mocs botymau ei nain, gan eu sortio a'u hedmygu fel petaent yn drysorau gwerthfawr. Roedd Olwen yn meddwl y byd ohoni ac roedd ganddynt berthynas agos iawn, agosach o lawer nag a fu rhyngddi hi a'i merch ei hun, meddyliodd, wrth i'r hen euogrwydd cyfarwydd ei phoeni. Tra oedd Lisa'n tyfu, roedd Olwen wedi bod yn rhy brysur yn jyglo gofalon teulu a gwaith i aros a mwynhau cwmni ei hunig ferch. Ond nawr, a hithau yn ei chwedegau ac wedi colli Elfyn ei gŵr yn frawychus o sydyn, daeth Elin fach i lenwi'r gwagle mawr a adawyd yn ei bywyd.

'Be 'di hwn, Nain?' holodd y fechan gan ddal rhywbeth y daeth o hyd iddo yng ngwaelod y bocs botymau.

'Dwn i'm. Ty'd â fo yma i mi gael ei weld o'n iawn.'

'Ylwch, dim ond hannar calon sydd ar ôl. Lle ma'r hannar arall i mi gael ei thrwsio hi i chi?'

'*Love pendant* ydi hi. Mi fydda dau gariad yn gwisgo un hanner bob un, 'sti.'

'Ydi'r hannar arall gen Taid, felly?'

'Nac ydi,' atebodd Olwen yn dawel wrth i eiriau Elin agor yr hen friw a oedd bob amser yn ei phoeni ers i Elfyn ei gadael yn weddw ddwy flynedd ynghynt, gan chwalu eu holl gynlluniau am ymddeoliad hir a hapus.

'Ond pwy roddodd hi i chi felly, os nad Taid?'

'Dwi ddim yn cofio. Rho hi yn ôl yn y bocs 'na wir. Mae'n amser i ti glirio'r bwrdd 'na rŵan cyn i dy fam ddŵad i dy nôl di.'

Wrth hwylio pryd o fwyd iddi ei hun yn hwyrach y noson honno, trawodd llygaid Olwen ar y gadwyn a adawodd Elin ar y bwrdd. Daliodd hi i fyny i'r golau. Doedd hi'n fawr o beth, gan fod y metel rhad wedi hen bylu. Ond wrth syllu ar yr hanner calon fechan a'r gair 'Love' wedi'i ysgythru arni, llifodd yr atgofion am haf hudolus 1970 yn ôl i'w chof. Haf a lanwodd y gwagle ansicr hwnnw ar ôl gorffen ei harholiadau Lefel A, pan oedd ei dyfodol tu hwnt i'w rheolaeth ac yn dibynnu'n gyfan gwbl ar y canlyniadau. Pan lanwodd y dewisiadau ar y ffurflenni UCAS ychydig fisoedd ynghynt, roedd cwrs Hanes Celf ym Mhrifysgol Reading yn ymddangos yn syniad da, ond erbyn yr haf, hanner gobeithiai na fyddai'n ennill y graddau uchel gofynnol ac y câi ddilyn cwrs addysg ym Mangor, lle y byddai'n llawer nes adra. Ond, yn ddeunaw oed, doedd Olwen ddim am adael i'r ansicrwydd am ei dyfodol ei phoeni'n ormodol. Roedd y cyfnod o astudio drosodd ac roedd haf hir, braf o'i blaen.

Ar ôl rhyw wythnos o lusgo'i thraed yn ddibwrpas ar draethau West End a Glan Don, aeth i chwilio am waith dros yr haf, gan y byddai arni angen arian yn ei phoced cyn cychwyn yn y coleg, boed hynny yn Reading neu ym Mangor. Yn y dyddiau hynny, roedd digon o waith tymhorol i'w gael yng nghyffiniau Pwllheli, naill ai yn un o siopau'r dref neu yng ngwersyll gwyliau Butlin's ychydig filltiroedd i lawr y ffordd.

Felly, un bore Llun braf yng nghanol Mehefin, camodd Olwen o'i bywyd cyffredin bob dydd drwy giatiau'r gwersyll gwyliau ac i fyd tylwyth teg llawn bwrlwm a hwyl, lle roedd popeth wedi'i gynllunio i roi pleser o fore gwyn tan nos i'r ymwelwyr a arhosai yno.

Wedi iddi lenwi ffurflenni a chael tynnu ei llun ar gyfer y cerdyn adnabod y byddai ei angen i fynd a dod o'r gwersyll, arhosodd i gael gwybod ym mhle byddai'n cael ei rhoi ar waith. Gwyddai nad oedd gobaith iddi gael ei derbyn yn un o'r diddanwyr enwog â'u cotiau cochion, gan fod y rheini bob amser yn dod o bell ac wedi cael profiad o weithio mewn theatrau ar hyd a lled Prydain. Nhw â'u swagr a'u hyder a gredai eu bod yn dywysogion a thywysogesau'r lle. Ond er mor ffroenuchel oedd y Cotiau Cochion wrth drafod gweddill y staff, gwyddai Olwen mai gan griw y cotiau gleision roedd y pŵer go iawn, ac yn nwylo un o'r rhai hynny yr oedd ei thynged hithau am yr haf.

'Rydym am dy roi di yn y siop. Fedri di ddim colli'r lle, dros ffordd i'r Blinking Owl,' meddai'r Gôt Las gan osod map o'r gwersyll yn ei llaw cyn troi at y person nesaf i'w brosesu. Ond doedd dim angen map ar Olwen – roedd yn adnabod y gwersyll yn bur dda gan iddi ymweld â'r lle yn aml yn ystod ei phlentyndod, fel llawer o blant yr ardal.

Cerddodd heibio i'r pwll nofio awyr agored gan daflu cipolwg sydyn ar y dŵr gloyw yn tasgu o'r ffynhonnau addurnedig. Mor braf fyddai diosg ei dillad a phlymio i'r dŵr oer. Ond doedd dim amser i freuddwydio'r bore hwnnw – roedd hi yno i weithio ac roedd ganddi le i ddiolch ei bod wedi'i rhoi yn y siop yn hytrach nag fel *chalet maid* neu forwyn fach yn un o geginau anferth y lle – swyddi llawer rhy galed a diddiolch oedd y rheini.

Cyn hir, cyrhaeddodd adeilad y siop anferth a rhoddwyd hi i weini ar y cownter sebon a sentiach gyda Janice, geneth o ganolbarth Lloegr.

'Ollie-wyn? What sort of funny name is that?'

Roedd Janice, fel llawer o'r gweithwyr eraill, yn treulio'r haf cyfan yn gweithio yn *Butlin's* gan aros yn y gwersyll. Doedd ganddi mo'r syniad lleiaf am yr ardal o gwmpas ac edrychodd gydag anghrediniaeth ar Olwen pan geisiodd egluro iddi mai enw Cymraeg oedd ganddi ac mai Cymraeg oedd ei hiaith gyntaf.

'You must be kidding me,' meddai Janice gan chwerthin. 'We all know that everyone speaks English in England!'

'But . . .' ceisiodd Olwen egluro, ond doedd hi ddim haws gan fod ei chydweithwraig yn benderfynol ei bod yn dal yn Lloegr. Felly gydag ochenaid o rwystredigaeth, symudodd i ben arall y cownter i gael golwg ar y nwyddau persawrus.

'Paid â chymryd sylw o Jan. Tydi hi ddim yn meddwl bod yn sarhaus ond does ganddi ddim syniad lle mae hi, 'sti, gan na fu hi ddim allan trwy giatiau'r gwersyll 'ma ers iddi gyrraedd gorsaf Penychain o Firmingham ddechrau'r tymor.'

Cododd Olwen ei phen o'r sentiach ac edrych i fyw dau lygad disglair a rhes o ddannedd gwynion a wenai'n annwyl arni. Trawai ei chalon yn erbyn ei hasennau a theimlodd ei hun yn gwrido.

'Jordi ydw i, ac rydw i'n gweithio ar y cownter cylchgronau a llyfrau,' meddai. 'Rydw i'n gwybod sut mae anwybodaeth rhywun yn gallu brifo. Catalaniad ydw i ac rydw i wedi cael llond bol ar bobl yn fy ngalw i'n Sbaenwr.'

'Diolch,' atebodd Olwen yn swil pan gafodd hyd i'w thafod.

'Wel, croeso i ti i'r siop beth bynnag, er dwn i ddim pa hawl sydd gen i i estyn croeso i ti yn dy wlad dy hun. Ond ro'n i isio iti wybod nad ydi pob un ohonom mor dwp â Jan, druan,' meddai, gan daro winc bryfoclyd i gyfeiriad yr eneth o Firmingham.

'Who you calling thick, you cheeky Spaniard?' galwodd Janice wrth iddo gerdded yn ôl at ei gownter ei hun.

Trodd Olwen yn ôl at y sentiach. Roedd yno gasgliad da o boteli Brut a oedd yn ffasiynol iawn gan ferched yn ogystal â dynion yr haf hwnnw. Agorodd y botel sampl werdd a thywallt ddiferion o'r hylif sbeislyd ar ei harddwrn a'i gwddw.

'You'll get an 'airy chest using that,' meddai Janice gan chwerthin.

Ceisiodd Olwen wgu yn ôl ar ei chyd-weithwraig ddigywilydd, ond wrth weld ei hwyneb agored sylwodd nad oedd dim malais yn perthyn iddi, a throdd yr wg yn wên lydan ac yna'n chwerthiniad iach. Ar ôl hynny daeth y ddwy i ddeall ei gilydd yn well a rhoi'r lletchwithdod y tu ôl iddynt.

Llusgodd y bore cyntaf yn araf gan mai ychydig iawn o'r ymwelwr oedd am dreulio amser yn y siop ar fore Llun cyntaf eu gwyliau a'r tywydd mor braf y tu allan.

'Ti'n meddwl fod Jordi yn dy ffansïo di, dwyt?' meddai Janice wrth sylwi ar Olwen yn ei wylio'n slei drwy gornel ei llygaid. 'Wel, waeth i ti heb â gwastraffu dy amser ar hwnna – mae o'n fflyrtio hefo pob hogan newydd sy'n dŵad i'r siop 'ma, ond dim ond y fo'i hun mae o'n ei ffansïo go iawn, 'sti. Mae o'n meddwl ei fod o'n well na phawb arall am ei fod o'n stiwdant yn Oxford ne rwla!'

Ond er gwaethaf rhybuddion Janice, ni fedrai Olwen ei rhwystro ei hun rhag edrych i gyfeiriad y cownter cylch-gronau. Jordi oedd y bachgen mwyaf golygus a welodd hi erioed gyda'i groen tywyll a'i wallt du, trwchus yn cyrlio'n ddeniadol at goler ei grys. Beth tybed a wnaeth i fachgen o Gatalonia a myfyriwr o Rydychen ddod i weithio i *Butlin's* o bob man?

O'r diwedd, cyrhaeddodd ei hawr ginio ac anelodd Olwen am y parc bychan y tu allan i'r siop gyda'r pecyn bwyd roedd ei mam wedi'i baratoi iddi y bore hwnnw. Tynnodd yr *overall* neilon laes a roddwyd iddi pan gyrhaeddodd y siop a phenderfynu y byddai'n rhoi hem reit helaeth arni y noson honno. Ar ôl bwyta'r brechdanau, gorweddodd ar ei chefn ar y glaswellt a chau ei llygaid gan fwynhau gwres yr haul ar ei hwyneb. Yna, teimlodd ias yn treiddio drwy ei chorff wrth i gysgod tywyll ei gorchuddio. Agorodd ei llygaid a gweld siâp tal, gosgeiddig Jordi yn sefyll rhyngddi hi a'r haul.

'Ga' i gadw cwmni i ti?' gofynnodd yn hyderus. Am eiliad, cofiodd Olwen am rybuddion Janice ond gwthiodd hwy i gefn ei meddwl wrth i Jordi blygu i lawr a gorwedd wrth ei hochr ar y glaswellt.

'Be 'di dy enw di?'

'Olwen.'

'Olwen? Dyna hyfryd. Be mae o'n ei olygu?'

Dechreuodd gwaed Olwen ferwi wrth glywed yr hen gwestiwn ystrydebol. Doedd hwn ddim gwell na Janice. Pam roedd yn rhaid i bawb ofyn am ystyr enwau Cymraeg byth a hefyd? Fyddai hi byth yn meddwl gofyn beth oedd ystyr enw Saesneg fel Richard neu Edward, na Jordi tasa hi'n dod i hynny. Ond fel petai'n ymwybodol ei fod wedi tramgwyddo, brysiodd Jordi i egluro fod ganddo ddiddordeb mewn enwau Cymraeg a'i fod yn meddwl ei fod wedi gweld yr enw Olwen wrth astudio chwedlau Celtaidd yn y brifysgol.

'Culhwch ac Olwen, mae'n siŵr,' meddai, gan feddalu tuag ato. 'Beth mae bachgen o Gatalonia yn ei wneud yn astudio chwedlau Celtaidd?'

Eglurodd Jordi na welodd o erioed mo'i famwlad, a'i fod wedi'i eni a'i fagu yn Llundain wedi i'w deulu orfod dianc o Gatalonia yn ystod y rhyfel cartref pan ddaeth yr unben Franco i rym yn Sbaen. Gwyddai am ormes y gwledydd bychain ac ymdrech yr ieithoedd lleiafrifol i oroesi a daeth i Gymru i ddysgu rhywfaint o Gymraeg, ond yn anffodus, ychydig iawn o'r iaith a glywai yn y gwersyll. 'Dim ond caneuon Americanaidd Simon a Garfunkel yn llifo drwy'r uchelseinyddion 'na ddydd a nos. Os clywa' i "Bridge Over Troubled Waters" unwaith eto, mi a' i'n wallgo'!'

'Rydw i wrth fy modd efo'r gân,' atebodd Olwen.

'Aros di tan byddi di wedi bod yma am fis neu ddau, mi

fyddi di wedi cael llond bol arni hefyd.' Ar hynny, fel petai i ategu ei eiriau, daeth lleisiau'r ddeuawd Americanaidd i lenwi eu clustiau a dechreuodd y ddau chwerthin yn braf.

"Sat ti'n hoffi i mi ddysgu rhywfaint o Gymraeg i ti?' cynigiodd Olwen, gan weld ei chyfle i hoelio sylw Jordi.

Torrodd gwên lydan ar draws ei wyneb.'Wrth gwrs. Roeddwn i'n dechrau meddwl na fuaset ti byth yn cynnig!'

Aeth wythnosau heibio a chlosiodd y ddau wrth iddynt dreulio'u hamser sbâr yn trafod geiriau a brawddegau Cymraeg. Roedd Jordi yn ddysgwr brwd a chyn pen dim roedd ganddo syniad gweddol o hanfodion yr iaith. Ond, er mawr siom i Olwen, doedd eu perthynas ddim wedi datblygu yn ddim byd mwy na chyfeillgarwch.

'Mae angen i chi fod efo'ch gilydd drwy'r dydd heb orfod poeni am ddŵad yn ôl i'r siop ar ddiwedd eich awr ginio,' meddai Janice pan fwriodd Olwen ei bol wrthi un diwrnod. 'Pam na threfni di i chi gael amser i ffwrdd ar yr un pryd? Rydw i a Jordi i ffwrdd yr un diwrnod – mi 'na i newid efo chdi os lici di.'

'O Janice, rwyt ti'n seren!' meddai Olwen, cyn cychwyn at un o'r Cotiau Gleision i newid y trefniadau.

Y bore Mercher canlynol, cododd yn gynnar er mwyn ei pharatoi ei hun cyn cyfarfod Jordi ar y Maes ym Mhwllheli. Ar ôl golchi ei gwallt yn ofalus, aeth ati i rwbio hylif brown Tan Fastic ar ei choesau. Taenodd golur yn blastar ar ei hwyneb, côt dda o fasgara du a lipstic pinc golau. Yna, gwisgodd ei sgert fini a'r top tyn a brynodd yn y *boutique* newydd a oedd wedi agor yn y dref yr haf hwnnw. 'Reit 'ta,

Jordi,' meddai wrth edmygu ei hun yn y drych. 'Os na wnei di fy ffansïo i heddiw, ma 'na rywbeth mawr o'i le arnat ti!'

Gyda'i sandalau platfform ffasiynol yn ei dwylo, agorodd ddrws ei llofft a dringo i lawr y grisiau mor dawel ag y medrai cyn i'w mam ei gweld a gwneud iddi dynnu'r colur a newid i ddillad mwy parchus. Yna, ar ôl gadael y tŷ yn ddiogel, llithrodd i'r sandalau a chloncian ei ffordd tuag at y Maes lle roedd i gyfarfod Jordi.

Collodd calon Olwen guriad wrth ei weld yn camu o'r bws Crosville yn ei ddenims fflêr a'i grys Ben Sherman gwyn. Roedd o mor rhywiol! Lledodd gwên lydan dros ei wyneb pan welodd ei bod yn aros amdano, gwên a oedd yn ddigon i wneud i'w choesau droi'n jeli.

'Croeso i Bwllheli,' meddai gan ymdrechu i gadw ei llais dan reolaeth.

'Diolch i ti am fy nghyfarfod i,' meddai gan afael yn ei braich. 'Rydw i'n lwcus i gael merch ddeniadol fel ti i fy nhywys o gwmpas.'

Collodd calon Olwen guriad arall. Oedd o wedi'i galw'n ddeniadol? Roedd gobaith eto, felly. 'Mae hi'n brysur iawn yma heddiw gan ei bod hi'n ddiwrnod marchnad,' meddai, gan ei arwain at y stondinau lliwgar a lanwai'r Maes. 'Ond os gwnei di wrando, mi glywi di ddigon o Gymraeg coeth Pen Llŷn o gwmpas y lle.'

Ar ôl gwthio drwy'r tyrfaoedd chwyslyd yn y farchnad brysur, cynigiodd Olwen ddangos gweddill y dref iddo. Felly, aethant i fyny at Ben Cob a cherdded ar hyd y morglawdd hir i gyfeiriad y môr. Roedd hi mor dawel a braf yno ar ôl prysurdeb gwyllt y Maes. Hanner ffordd ar draws y cob, arhosodd Jordi yn ei unfan.

'Clyw!' meddai.

'Be sydd?'

'Distawrwydd! Ar ôl wythnosau o sŵn diddiwedd *Butlin's* mae hyn yn nefoedd. Ty'd i eistedd am dipyn.'

Eisteddodd y ddau ar fainc gyfagos gan wylio'r hwyaid ar y dŵr o'u blaenau. Yna, yn araf, cododd Jordi ei fraich am ysgwydd Olwen a'i thynnu ato. Plygodd tuag ati a phlannu cusan hir, felys ar ei gwefusau pinc. Ymatebodd hithau ar ei hunion. Roedd hi wedi bod yn aros yn hir am hyn.

'Dwi wedi bod isio gwneud hynna ers y diwrnod cynta 'na ddois di i'r siop,' meddai gan fwytho ei boch yn dyner. 'Ond dwi ddim yn fi fy hun yn y camp rywsut. Mae popeth mor ffals yno ac roedd arna i ofn i ti feddwl mai ffals oeddwn i hefyd.'

'O Jordi, pam na fysat ti wedi deud? Dwi wedi bod isio chdi hefyd. 'Dan ni 'di gwastraffu cymaint o amser,' meddai, gan ei dynnu ati unwaith eto.

Datblygodd eu perthynas yn gyflym ar ôl hynny a threuliai'r ddau bob munud sbâr gyda'i gilydd. Ambell awr ginio byddent yn dal y car cebl draw i'r traeth, lle y caent lonydd o brysurdeb y gwersyll am sbel. Dro arall, byddent yn treulio'u hamser yn y *chalet* lle y lletyai Jordi. Yno, ar y gwely cul, ymgollai'r ddau ym mreichiau ei gilydd gan fodloni eu chwantau a'u hangen y naill am y llall. Ar ôl y caru melys, estynnai Jordi am ei gitâr glasurol ac wrth i'w fysedd hir blycio'r llinynnau'n gelfydd, deuai'r gerddoriaeth Gatalanaidd fwyaf godidog i lenwi'r *chalet* bach gan gyffroi Olwen o'r newydd.

Hedfanodd yr wythnosau a chyn hir cyrhaeddodd y trydydd dydd Iau yn Awst a chanlyniadau'r arholiadau roedd Olwen wedi'u gwthio i gefn ei meddwl tan hynny. Gyda dwylo crynedig, agorodd yr amlen a ddygai'r newyddion am ei thynged – newyddion a ddaeth yn llawer pwysicach wedi iddi sylweddoli mor agos oedd Reading i Rydychen. Tynnodd y darn papur o'r amlen ac edrych ar y tair llythyren a oedd i selio'i thynged.

Gwasgodd y papur yn belen dynn yn ei dwrn a lluchio'i hun ar ei gwely gan feichio crio. Doedd hi ddim wedi cael y graddau angenrheidiol! Sut roedd hi am egluro i Jordi na fyddai'n dod i Reading wedi'r cwbl ac na fyddai'n gallu ei weld ar benwythnosau fel roeddent wedi'i gynllunio? Pam, o pam na wnaeth hi weithio'n galetach yn yr ysgol? Petasai'n gwybod adeg yr arholiadau gymaint y byddai cael ei derbyn i Reading yn mynd i olygu iddi, mi fyddai wedi gwthio'i hun yn llawer caletach. Ond roedd hi'n rhy hwyr erbyn hyn, a bodloni ar fynd i Fangor fyddai raid.

Ceisiodd y ddau anwybyddu'r ffaith a mwynhau gweddill eu hamser gyda'i gilydd. Ond er iddynt addo y buasent yn cadw mewn cysylltiad ac na fyddai'r pellter yn gwneud gwahaniaeth, roedd y ddau yn gwybod ym mêr eu hesgyrn nad oedd dyfodol i'w perthynas.

Ar eu diwrnod olaf, aeth y ddau am reid yn y car cebl ac yno yn yr awyr, uwchben y caeau gleision, tynnodd Olwen ddwy gadwyn arian o'i phoced. Roedd hanner calon ynghrog wrth y cadwynau a'r geiriau 'Love' ac 'You' wedi'u hysgythru arnynt. "Nei di wisgo hon i gofio amdana i?' gofynnodd gan lithro'r gadwyn gyda 'You' arni dros ben Jordi. 'Ac mi wisga i'r un yma,' meddai wrth lithro'r gadwyn arall dros ei phen ei hun gan adael i'r hanner calon fach lechu'n ddiogel rhwng ei bronnau.

Wythnos yn diweddarach, cychwynnodd Olwen ar ei chwrs addysg yn y Coleg Normal ym Mangor ac erbyn y Nadolig roedd yr atgofion am Jordi wedi dechrau pylu gan iddi gyfarfod Elfyn, ei darpar ŵr, a oedd yn fyfyriwr ar ei ail flwyddyn yn y coleg.

Gwasgodd Olwen y gadwyn yn dynn yn ei llaw cyn ei rhoi yn ôl yn y blwch lle y bu'n gorwedd am ddeugain mlynedd a mwy. Tybed beth ddaeth o Jordi, meddyliodd. A gafodd o a'i deulu ddychwelyd i Gatalonia ar ôl marw Franco? A gafodd o wireddu ei uchelgais i weithio dros ei iaith a'i wlad? Mi fuasai'n braf gwybod beth ddaeth ohono. A oedd o'n dal i gofio haf 1970 ambell waith, tybed?

Efallai fod ffordd i gael ateb. Estynnodd am ei gliniadur a theipio'i enw ar ei thudalen Facebook. Mewn ychydig eiliadau roedd wyneb golygus y Jordi trigain a phump oed yn gwenu arni o'r sgrin. Yr un wên annwyl a'r llygaid disglair dan gnwd o wallt claerwyn. Teimlodd ei chalon yn colli trawiad fel y gwnaeth y blynyddoedd maith hynny yn ôl. Darllenodd ei broffil.

Cartref: Barcelona.
Galwedigaeth: Aelod o Senedd Ewrop.
Statws: Sengl.
Ieithoedd: Catalan, Sbaeneg, Saesneg, Ffrangeg, Cymraeg.
Cymraeg?!
Daliodd Olwen ei bys uwchben y botwm cais am ffrind.
A feiddiai?

BETHAN GWANAS

Elen, tyrd yn ôl

Bu bron i Elwyn dagu ar ei gacen gri pan welodd hi'n dod i mewn trwy ddrws y cartref. Sychodd y briwsion oddi ar ei ên â'i lawes a syllu arni eto. Doedd bosib . . .? Ar ôl yr holl flynyddoedd . . .

'O bob gin joint yn y byd, oedd hi'n gorfod cerdded i mewn i f'un i . . .' meddai dan ei wynt. Neu gartrefi hen bobl yn yr achos yma, meddyliodd gyda hanner gwên.

Oedd, roedd hi wedi newid wrth reswm, wedi crymu fymryn ac yn defnyddio ffon, ond hi oedd hi, yn bendant. Dim ond y hi oedd pia'r wên fach swil yna, gwên fyddai'n gallu gwneud i'w stumog fynd din dros ben bob tro y byddai'n ei gweld.

Mae hi hyd yn oed wedi cadw ei siâp, meddyliodd. Yn dal ac yn fain o hyd, ac wedi gwisgo'n smart, os fymryn yn fwy ceidwadol. Doedd ei gwallt ddim yn felyn bellach wrth gwrs, ond mae'r ffin yn denau rhwng aur ac arian, a phetai hi'n ei ryddhau o'r byn yna, roedd Elwyn yn eitha siŵr y byddai'n disgyn yn donnau dros ei hysgwyddau fel ers talwm.

'Dwi'n nabod honna,' meddai wrth Twm, oedd yn yfed ei baned yn flêr a swnllyd wrth ei ochr, a bib plastig am ei wddw.

'Pwy?'

'Honna ddoth mewn rŵan.'

'Elwyn ... ti'n gwbod na fedra i weld yn bellach na nhrwyn dyddie yma.'Sgen i'm syniad am bwy ti'n sôn.'

'O, nagoes siŵr. Ddrwg gen i, Twm. Dw inna'n mynd yn anghofus.'

'Ond ddim yn ddigon anghofus i'w hanghofio hi, chwaith ... pwy ydi hi? Un o dy hen fflêms di?'

Gwenodd Elwyn.

'Wel ... ia, fel mae'n digwydd. Elen. Yr un dorrodd fy nghalon i.'

'Be? A finna'n meddwl mai ti oedd yr un oedd yn torri calonna!'

'Ddim ers blynyddoedd, Twm,' gwenodd Elwyn. Ond doedd hynny ddim yn gwbl wir chwaith; roedd o wedi dychryn braidd pan alwodd cymaint o hen ferched i'w weld efo llond hen duniau Quality Street o gacennau yn fuan ar ôl i Megan, ei wraig, gael ei chladdu. Fflyd o ferched unig oedd wedi penderfynu y gallai o a'i bengliniau giami lenwi'r bwlch yn eu bywydau. Gan nad oedd o eisiau brifo eu teimladau, roedd o wedi cytuno i'w gweld yn achlysurol am baned ac ati, a mynd i ambell gyngerdd neu yrfa chwist efo nhw, ond roedd o wedi gorfod rhoi ei droed i lawr yn y diwedd, wedi i ambell un ddechrau sôn am 'rannu'r baich', ac awgrymu y byddai bywyd cymaint haws a brafiach tasen nhw eu dau yn byw dan yr un to. Roedd merched yn gallu bod reit benderfynol, ac ambell un o'r rhai mwya powld wedi styfnigo a dweud yn blaen nad oedd gan yr un ohonyn nhw lawer o amser ar ôl, wedi'r cwbl.

Roedd hynny'n wir, ond nefi wen, doedd o ddim am

dreulio'i ddyddiau olaf efo rhywun nad oedd o'n ei ffansïo, nagoedd? Mae gan ddyn ei safonau, waeth faint ydi ei oed o. Nid bod y merched hynny'n erchyll o bell ffordd, ond doedd ganddo ddim teimlad tuag atyn nhw o gwbl. Ac ar ôl cyrraedd rhyw oed, mae dyn yn mynd yn hoff o bethau mae o wedi arfer efo nhw: hen grys, hen gôt, hen bâr o slipars . . . ac er ei fod yn nabod y merched hyn gan amla, doedd o ddim yn eu nabod nhw fel yna. Ddim yn nabod yr edrychiadau bychain allai ddweud cymaint mwy na geiriau; nabod eu harogl; nabod siâp a theimlad eu dwylo. Ac roedd dychmygu cusanu rhai o'r merched anghenus hynny yn drech na fo.

Mi fu'n rhaid iddo ddewis ei eiriau'n ofalus bryd hynny, ac eto wedyn pan symudodd i mewn i Gartref Henoed Bryn Dedwydd dair blynedd yn ôl. Roedd 'na ferched o'i gwmpas fel gwenyn meirch rownd pot jam yn syth, ac er nad oedd ganddo ddiddordeb felly yn yr un ohonyn nhw, roedd o'n gorfod cyfaddef ei fod wedi mwynhau'r sylw. Wel, roedd hi'n braf meddwl ei fod yn dal i fedru denu'r genod, yn doedd? Efallai ei fod yn 81 rŵan, ond roedd o'n dal yn ddigon smart – er fymryn yn fyrrach na'i chwe throedfedd a thair modfedd arferol bellach – ac roedd ganddo lond pen o wallt o hyd, yn wahanol i Twm, oedd yn edrych yn union fel y llun o Humpty Dumpty a gofiai yn un o lyfrau ei blentyndod.

Roedd ei feddwl yn dal i weithio'n berffaith hefyd, a dim sôn am y *dementia* oedd wedi effeithio mor ofnadwy ar gymaint o drigolion eraill Bryn Dedwydd. Roedd henaint yn gallu bod mor uffernol o greulon. Dyna Miss Williams, druan; prifathrawes urddasol, barchus y byddai pawb yn ddi-ffael yn ei galw'n 'chi', a rŵan dyma hi, wedi dechrau rhegi ar bawb, yn gweiddi geiriau cwbl ffiaidd roedd pawb yn synnu ei bod wedi'u clywed erioed. Byddai'r hen Miss Williams wedi marw o gywilydd, ond doedd gan y Miss Williams yma ddim syniad mwnci be oedd yn dod allan o'i cheg hi, y greadures.

Na, doedd o'm wedi dechrau mynd fel yna eto, diolch i'r drefn. Roedd o wedi mynd fymryn yn anghofus, debyg iawn, a rhyw fymryn yn fyr ei dymer weithiau, yn enwedig pan fyddai ei gluniau a'i benagliniau'n sgrechian ac yn gwrthod gadael iddo gysgu'n iawn, heb sôn am symud. Ei dymer oedd asgwrn y gynnen rhyngddo fo a Melanie, gwraig ddi-ddim y mab yna. Roedd hi jest yn mynd dan ei groen o, ac yntau'n methu'n lân â dal ei dafod. Wel, diog oedd y sguthan, yndê? Ac yn codi'r wyrion yn siarad Saesneg! Yn y Fron – fferm fu'n uniaith Gymraeg ers canrifoedd!

Oni bai amdani hi, yn y Fron fyddai o o hyd; wel, yn yr hen fwtri, neu fel roedd Melanie'n mynnu ei alw – y 'Granny flat'. Mi fyddai wedi bod yn ddigon hapus yn fan'no, a byddai wedi gallu dal ati i edrych ar ei ôl ei hun yn iawn. Doedd o'n gallu gwneud chwip o lobsgows? Ac roedd 'na dipyn mwy o faeth yn hwnnw na'r 'turkey buggers' ddiawl yna fyddai Melanie'n eu coginio – neu, yn hytrach, eu tynnu allan o'r bocs a'u rhoi yn y popty.

Syllodd eto ar Elen, oedd yn cael ei harwain gan rai o'r staff at ei llofft. Rŵan 'ta, roedd hi, o leia, yn arfer bod yn chwip o gogydd, yn ennill yn gyson yn sioe'r pentre am ei bara brith a'i sgons – nes iddi adael. Gan adael ei galon o'n fawr mwy na briwsion.

Doedd dim sôn am ddyn gyda hi heddiw, sylwodd, dim

72

ond rhyw ddynes allai fod yn ferch iddi – yr hen foi wedi marw, mae'n rhaid. Doedd hynny ddim yn syndod – doedd merched yn llwyddo i bara gymaint hirach na'u gŵyr? Wel, gan amla. Nid dyna fu hanes ei Fegan druan o. Ond o leia mi gafodd hi fynd yn reit sydyn; mi fyddai wedi casáu methu gwneud pethau drosti ei hun. Un annibynnol fu Megan erioed. Gwahanol iawn i Elen, erbyn meddwl. Merch oedd angen rhywun i ofalu amdani oedd Elen, merch oedd yn gwneud i ddyn deimlo fel dyn go iawn. Wel, nes iddi dorri ei galon.

'Mi fyddi di'n snwffian o gwmpas honna fel rhyw hen gi rŵan, mwn,' meddai Twm, cyn hwfro gweddill ei de i fyny drwy ei wefusau llac. Doedd gwylio Twm yn bwyta neu yfed byth yn brofiad pleserus, ond roedd Elwyn wedi hen arfer efo fo bellach.

'Fydda i byth yn snwffian o gwmpas neb fel rhyw hen gi,' meddai'n amyneddgar.

'Mae'n siŵr dy fod ti'n lico meddwl dy fod ti'n fwy o fynydd, dwyt, yn gadael i Mohammed ddod atat ti. Ha! Aros fyddi di, mêt. Ti'n rhy hen a rhy hyll, fatha ni i gyd.'

Anwybyddodd Elwyn y sylw hwnnw, gan wybod nad bod yn gas roedd Twm. Cododd yn ofalus (roedd ei glun yn dal i'w boeni er gwaetha'r llawdriniaeth y llynedd) ac aeth i chwilio am rywun fyddai'n gallu rhannu chydig o hanes Elen gydag o.

'Esgusodwch fi, Metron,' meddai Elwyn ar ôl rhoi cnoc ysgafn ar ddrws y swyddfa.

'Mr Davies! Faint o weithia sy raid i mi ddeud? Swyddog Mewn Gofal ydw i, nid Metron!' meddai Metron.

'Ia, dwi'n gwbod,' meddai Elwyn gyda'i wên ddiniwed.

'Ond dwi'n rhy hen i fedru cofio'r termau newydd, gwirion 'ma. Isio holi am yr *inmate* newydd o'n i . . .'

'Defnyddiwr ydi'r term cyfredol, Mr Davies . . . Ac Mrs Elen Thompson ydi ei henw hi, ond dyna'r cwbl gewch chi ei wybod gen i.'

'O, dowch 'laen, dwi'n ei nabod hi. Elen Williams, Tyddyn Bach, oedd hi cyn iddi briodi.'

'Wel, dach chi'n gwybod mwy amdani na fi felly, Mr Davies. A does gen i mo'r hawl i ddeud dim, dach chi'n gwybod hynny.'

'Ond dwi angen gwybod oes 'na rwbath ddylwn i ei wybod cyn dechra sgwrsio efo hi, tydw? Dwi'm isio ei hypsetio hi, nac'dw? Ydi hi yn ei phetha, o leia?'

'Mr Davies . . .' Ond roedd yr hen hud ganddo o hyd, a gwyddai na allai'r ddreiges yma, hyd yn oed, beidio â thoddi mymryn, dim ond iddo ddal ati i wenu arni gyda rhyw fymryn o lygaid llo bach.

'Mae hi'n ffwndro weithie, dyna i gyd.'

'A'r gŵr wedi'n gadael ni?'

Nodiodd y Swyddog Mewn Gofal ei phen, gan rhowlio'i llygaid.

'Dwi'n deud dim mwy! Mi wna i ei chyflwyno i bawb amser swper, wedyn gewch chi ei holi hi eich hun.'

Diolchodd Elwyn iddi a cherddodd yn ôl at ei gadair gan deimlo'n rhyfeddol o sionc, mwya sydyn. Elen Tyddyn Bach yn yr un cartre â fo . . . pwy fyddai wedi meddwl! A'r blydi Wil 'na wedi cicio'r bwced. Y dyn oedd wedi'i dwyn hi.

Hir yw pob ymaros, meddyliodd, cyn sylweddoli bod ei galon yn curo'n gyflymach nag arfer. Callia, Elwyn, meddai wrtho'i hun. Fiw i chdi gael harten rŵan, a rhyw haul bach ar y gorwel o'r diwedd. Penderfynodd mai'r peth calla fyddai cael awr neu ddwy yn ei wely cyn swper, iddo gael gorffwys yn iawn cyn mentro ar ei sgwrs gyntaf efo Elen ers y 6ed o Fai, 1954. Diwrnod tywyllaf ei fywyd. Y diwrnod lwyddodd Roger Bannister i redeg milltir mewn llai na phedair munud – y dyn cyntaf erioed i lwyddo i dorri'r ffin chwedlonol honno.

Dyna'r cwbl allai ei gyfeillion sôn amdano'r noson honno, cofiai'n iawn. Roedden nhw wedi bod yn gwrando ar y ras ar y weiarles, a phawb wedi gwirioni'n rhacs. Ond brwydro i beidio â beichio crio roedd Elwyn. Dim ond awr ynghynt roedd Elen wedi gwenu arno gyda'r wên fach swil honno, ond heb fedru edrych ym myw ei lygaid. Roedd ei galon wedi suddo'n syth, gan wybod bod rhywbeth mawr o'i le.

Ymddiheuro wnaeth hi'n gyntaf, cyn dweud yn syml na fyddai'n ei briodi wedi'r cwbl.

'Ond pam ddim, Elen?'

'Fyddai o byth wedi gweithio, Elwyn.'

'Wrth gwrs y byddai – bydd o!'

'Na fyddai, Elwyn. Gwraig ffarm sâl iawn fyddwn i, a dwi'n gwybod y cei di wraig hyfryd, lawer gwell na fi.'

'Ond . . . ond dwi'n dy garu di, Elen . . .'

Ond roedd hi'n caru rhywun arall – meddai hi. William Lloyd, oedd â swydd dda yn y banc. Dyn oedd wastad â'i ewinedd a'i goleri yn loyw lân, y math o ddyn fyddai rhieni Elen wedi'i ffafrio. O, roedd Elwyn wedi sylwi ar y ffordd y byddai mam Elen yn crychu ei thrwyn fel rhyw gwningen bob tro y galwai i weld Elen. Gwyddai'n iawn nad oedd hi'n hapus yn gweld ei merch yn cael ei chludo i ffwrdd mewn landrofyr oedd â'i olwynion yn gadael talpiau o faw dros y *drive*.

Ac o fewn dim, bron mor sydyn ag y rhedodd Roger Bannister rownd y trac, roedd Elen a'i bancar yn priodi, ac yna'n symud i ochrau Bae Colwyn, lle roedd o wedi cael swydd gwell fyth efo'i fanc. Y tro dwytha i Elwyn glywed eu hanes, roedden nhw wedi symud i Loegr – yn ddigon pell iddo fedru rhyw lun o anghofio amdani a dechrau canlyn gyda Megan, merch ffarm oedd yn gallu ei guro wrth chwarae draffts. Byddai wastad yn gadael i Elen ei guro, er mwyn gweld y wên yna, ond roedd hi'n ffeit go iawn efo Megan, ac fe fyddai hi wedi gwylltio'n gandryll pe bai o wedi meiddio gadael iddi ennill.

Bu'n ddigon hapus gyda Megan; roedden nhw'n ffrindiau penna, yn dallt ei gilydd i'r dim, ond anghofiodd o byth mo Elen. Bob tro y gwelai ferch â gwallt hir, melyn, byddai ei galon yn neidio. Ni allai ymuno â'r hogia i ganu 'Elen, o Elen, o Elen tyrd yn ôl, paid â bod mor ffôl â'm gadael i ar ôl' am fod y geiriau'n rhewi yn ei lwnc. Am flynyddoedd wedyn, allai o ddim dringo i ben y Foel heb feddwl amdani, gan mai yno, a'r machlud yn troi ei chroen yn aur, y cawson nhw eu cusan gyntaf erioed, a naddo, wnaeth o 'rioed gusanu Megan yno. Fyddai hynny ddim wedi bod yn iawn. Roedd enaid Elen yn dal yno, ei harogl ar y gwynt.

Oedd Megan yn gwybod hynny? Wyddai o ddim; wnaethon nhw 'rioed drafod Elen. Cafodd ei ddal ganddi'n syllu ar ferch efo gwallt hir melyn un tro, ond ddywedodd hi 'run gair.

Yn sicr, wyddai hi ddim mai wyneb Elen fyddai'n dod i'w feddwl pan fyddai'n caru gyda Megan. Roedd hi yno ar noson ei briodas, hyd yn oed, yn gwrthod diflannu.

A rŵan, roedd hi'n ei hôl.

Mae'n rhaid ei fod o wedi llwyddo i gysgu yn y diwedd. Erbyn iddo orffen gwisgo a chribo'i wallt, fo oedd yr un olaf i mewn i'r stafell fwyta, ac roedd Elen eisoes wedi cael ei chyflwyno i bawb, ac yn gwenu'n siriol ar y merched o'i chwmpas. Doedd dim lle wrth ei hymyl i Elwyn, ond yr eiliad yr aeth Gwen Jones a'i *zimmer frame* i'r tŷ bach ar ôl ei phwdin, sleifiodd Elwyn i mewn i'w chadair wag gyferbyn ag Elen.

'Helô, Elen,' meddai.

Cododd ei phen arian i edrych arno gyda'i llygaid gleision, a gwenu'n gwrtais.

'Helô,' meddai'n ôl.

Oedodd Elwyn gan ddisgwyl iddi ddweud mymryn mwy, fel 'Sut wyt ti ers talwm?' neu 'A fan'ma wyt titha hefyd, ia?' Ond dim ond dal i wenu wnâi hi, a'i llygaid eisoes wedi dechrau crwydro.

'Ti'm yn fy nghofio i?' gofynnodd Elwyn. Sylwodd ar y rhychau ar ei thalcen yn dyfnhau fymryn wrth iddi astudio ei wyneb yn fwy manwl.

'O diar! Dwi'n anobeithiol am gofio wynebau, cofiwch, a does gen i ddim . . .' yna sylwodd ar fflach bychan yn ei llygaid. 'Arhoswch chi funud . . . ddim Trebor y Siop ydach chi?'

Brathodd Elwyn ei wefus.

'Naci, Elen. Roedd Trebor gryn dipyn hŷn na fi – ac yn stwcyn bach efo dannedd ceffyl.'

'Wps! O, mae'n ddrwg iawn gen i. Dwi'n meddwl mai'r peth calla ydi i chi ddeud wrtha i pwy ydach chi, sbario i mi wneud ffŵl go iawn ohonof fi'n hun!'

'Elwyn, Elwyn y Fron,' meddai'n bwyllog ac amyneddgar, gan geisio cadw'r wên yn ei lygaid.

'Elwyn?' meddai hi.

'Ia. Sut wyt ti ers talwm?'

'Ond dwi'm yn cofio 'run Elwyn . . .'

Waeth iddi fod wedi rhoi slap iddo, ddim. Allai o ddim anadlu am rai eiliadau. Caeodd ei lygaid er mwyn ceisio rhwystro ei ben rhag troi.

'Ond, Elen . . . fuon ni'n gariadon!' meddai'n sydyn, ac yn llawer rhy uchel, ond allai o ddim rheoli ei lais, na'r boen a deimlai.

'Brensiach! Do? Be? Yn yr ysgol fach neu rywbeth, ia?'

'Naci. Roedden ni yn ein hugeiniau.'

Oedodd cyn ei ateb y tro hwn, a chwarae gyda'i phwdin reis. Troi a throi ei llwy ynddo, codi blaen llwy, yna'i roi'n ôl i lawr a chodi mymryn mwy, cyn rhoi hwnnw yn ôl i lawr eto.

'Mae'n wirioneddol ddrwg gen i, ond does gen i ddim co' . . .'

Anadlodd Elwyn yn ddwfn a gwasgu ei ddwylo'n ddyrnau o dan y bwrdd.

'Jest cyn i ti briodi William.'

'William?' Cododd ei phen a gwenu. 'Dwi'n cofio hwnnw. Wnes i ei briodi o?'

Syllodd Elwyn arni'n hurt. Felly dyna be oedd. Roedd hi wedi ffwndro. Alzheimers, efallai? Brathodd ei wefus, a llyncu'n galed. Roedd ei lygaid yn llenwi â dagrau, damia.

'Do, mi wnest ti, Elen. Roedd o'n gweithio yn y banc.'

'O, oedd siŵr. Yn Colwyn Bay. Roedd gynnon ni drilliw ar ddeg yn yr ardd. Un coch.'

Roedd ei gwên hi'r un fath yn union. A'i llygaid yn pefrio.

'Be oedd eich enw chi, eto?'

'Elwyn. Mi fyddwn i'n dod i'ch nôl chi mewn landrofyr.'

'Landrofyr? Ddysges i 'rioed i yrru, wyddoch chi.'

'Naddo, mae'n siŵr. Wel, mwynhewch eich pwdin. Gawn ni sgwrs eto,' meddai Elwyn, gan godi'n boenus ar ei draed. Bu'n rhaid iddo sadio'i hun cyn gallu cerdded oddi yno, ond llwyddodd i symud yn ddigon urddasol ar draws y stafell ac ar hyd y cyntedd i'w lofft. Eisteddodd ar ei wely a dal ei ben yn ei ddwylo.

Deffrodd Elwyn cyn i'r wawr dorri. Mae'n rhaid bod rhywun wedi'i helpu i newid i'w byjamas a'i roi yn ei wely, ond doedd o'n cofio dim. Yna cofiodd am Elen. Yr Elen ddaeth yn ôl. Yr Elen nad oedd yn gallu ei gofio.

Y ffŵl, meddyliodd. Y blydi ffŵl.

Llwyddodd i'w hosgoi am ddeuddydd drwy gadw i'w lofft yn darllen yn hytrach na gwylio'r teledu efo'r gweddill, a sleifio i'r ardd pan na fyddai hi yno. Ond un bore, ac yntau'n eistedd ar fainc yn yr ardd yn sbio ar y deryn du oedd bron yn ddof, daeth Elen i eistedd wrth ei ochr. Trodd Elwyn i edrych arni, a throdd hithau ato fo gyda gwên, ac yn sydyn, roedd 'na fflach yn ei llygaid.

'Elwyn?'

'Ia?'

'Elwyn! O fy nuw, Elwyn!' meddai, gan godi ei dwy law at ei hwyneb.

'Be? Ti'n fy nghofio i rŵan?'

'Dy gofio di? Wrth gwrs mod i! Bob tro y byddai landrofyr yn fy mhasio – bob tro y byddai rhywun yn canu "Elen, o

Elen, Elen tyrd yn ôl". Ddois i'n ôl, yli, Elwyn!'

Sylweddolodd Elwyn fod ei geg yn hongian ar agor, fel pysgodyn wedi cael cnoc ar ei ben.

'Ydi dy go' di'n mynd a dod, yndi, Elen?' gofynnodd yn dawel.

'Wel, yndi meddan nhw. Ond fyswn i byth yn dy anghofio di, siŵr,' ychwanegodd hi â gwên, y wên swil honno, gan estyn am ei law, a phlethu ei bysedd yn ei fysedd o. 'Mam fynnodd, 'sti. Hi fynnodd na fyswn i byth yn hapus fel gwraig ffarm.'

'Wela i. Ac oeddet ti'n hapus fel gwraig bancar?'

'Bodlon. Roedd o'n ddyn caredig iawn. A be amdanat ti? Briodest ti yn y diwedd?'

'Yn y diwedd? Do. Efo Megan Pencae.'

'Honno? Dwi'n ei chofio hi yn yr ysgol. Wastad yn rhedeg a neidio fel rhyw hogyn a'i gwallt hi'n flêr o hyd.'

'Ia, un fel'na oedd Megan.'

'Oeddech chi'n hapus?'

'Oedden. Hapus iawn.'

'O.' Allai hi ddim cuddio'r siom yn ei hwyneb.

'Be? Isio clywed mod i wedi bod yn anhapus oeddet ti?'

'Naci, siŵr,' meddai Elen, gan redeg ei bys dros gefn ei law, oedd yn deimlad reit braf. 'Gawsoch chi blant?'

'Do, un mab. Siôn. Sydd wedi priodi Saesnes, a dyna pam dwi yn fan'ma. Doedd 'na fawr o Gymraeg rhyngddi hi a fi.'

'Ges i ddwy ferch. Mae Jane yn dod i ngweld i heddiw.'

'Neis.'

Rhoddodd Elen y gorau i fwytho ei law a chydio yn dynn ynddi yn lle.

'Elwyn . . . mae'n ddrwg gen i.'

'Duw, am be, dwa'?'

'Ti'n gwybod yn iawn . . . ond ro'n i'n gwbod y byswn i efo ti yn diwedd!'

'Duw, oeddet?'

'Paid â bod fel'na, Elwyn. Paid â difetha be oedd rhyngon ni.'

'Y? Gwranda Elen, nid y fi . . .'

'Elwyn . . . does 'na'm pwynt bod yn chwerw, ddim yn ein hoed ni.'

Cyfrodd Elwyn i ddeg.

'Dwi'm yn chwerw.'

'Ha! Dwyt ti'm wedi newid dim, Elwyn! Dwi'n cofio'r hen geg chwaden 'na fyddet ti'n ei gwneud pan oeddet ti wedi llyncu mul!'

'Pa geg chwaden?'

'Honna sy gen ti rŵan!' Ac roedd hi wedi gollwng ei law i gyffwrdd ei wefusau â'i bysedd hirion. Ac roedd hi'n gwenu'r wên yna, oedd ddim mor swil, ac yn sbio i fyw ei lygaid. 'Ti'n dal yn *handsome* pan ti'n gwenu . . .' meddai hi.

Ac roedd stumog Elwyn wedi mynd din dros ben eto.

Yna mi ddechreuodd hi baldaruo am uwd a balŵns melyn. Roedd o wedi'i cholli eto. Ond daliodd i afael yn ei llaw nes iddi ddod yn ôl ato eto.

Gan eu bod wedi dechrau oeri, aeth y ddau yn ôl i mewn – law yn llaw, ac aros law yn llaw. Gwenodd y staff arnyn nhw, a gwgodd Gwen Jones gan roi cic i'w *zimmer frame*. Roedd hi wedi bod yn un o'r gwenyn rownd y pot jam sbel yn ôl.

Doedd teulu Elen ddim yn rhy hapus ei bod yn mynnu llusgo rhyw ddyn diarth o gwmpas y lle'n dragwyddol, ond gwenu wnaeth mab Elwyn, a rhoi winc arno. A doedd gan Elwyn yr un daten o ots be oedd barn Melanie, gan nad oedd y sguthan honno'n dod i'w weld p'un bynnag.

'Y diawl lwcus,' oedd unig sylw Twm, cyn iddo farw'n dawel ychydig fisoedd yn ddiweddarach.

Oedd, roedd Elwyn yn gwybod ei fod wedi bod yn lwcus. Yn lwcus mai Megan briododd o. Roedd 'na dipyn o waith tendio ar Elen, nid oherwydd ei bod yn ffwndro, ond oherwydd ei natur; dynes oedd yn mynnu tendans oedd hi. Bron nad oedd o'n teimlo dros William y bancar, weithiau.

Ond roedd y wên yna'n dal i fedru ei droi'n bwdin, ac roedd llaw Elen yn ffitio ei law o mor berffaith. Byddai wrth ei fodd pan fyddai'r staff yn eu hannog i ganu eu deuawd arferol: 'Elen, o Elen, o Elen, tyrd yn ôl, paid â bod mor ffôl â'm gadael i ar ôl', er ei fod yn gwybod yn iawn y byddai un ohonynt yn siŵr o adael y llall ar ôl yn hwyr neu'n hwyrach.

Elen gafodd ei gadael ar ôl, pan gafodd Elwyn drawiad ar ei galon bum mlynedd wedi iddi gerdded yn ôl i mewn i'w fywyd. Aeth Elen i'r cynhebrwng, ond wylodd hi 'run deigryn gan nad oedd hi'n rhy siŵr pwy roedden nhw'n ei gladdu. Ond drannoeth, pan sylweddolodd nad oedd o yno i ddal ei llaw mwyach, aeth i'w gwely gan gydio'n dynn yn ei hoff gardigan.

Roedd hi wedi mynd cyn i'r haul orffen machlud.

Trŵ lyf

'Nain?'

   'Ia, nghariad i?'

   'Be 'di *unrequited love?*'

   '*Unrequited love?*'

   'Ia.'

   'Wel . . . ym . . . Pam ti'n gofyn?'

   'Gwaith cartref Saesneg ydi o. 'Dan ni'n siarad am gerddi sy'n sôn am gariad a ballu.'

Ychydig iawn o ddiddordeb ac amynedd oedd gan ei hwyres 11 oed mewn gwaith ysgol, yn enwedig gwersi Saesneg.

   'Edrycha yn y geiriadur, mechan i.'

Ochneidiodd Heledd. Dyma oedd y peth diwethaf roedd hi eisiau ei wneud a hithau i fod ar ei gwyliau yn nhŷ ei nain a'i thaid. Blincin gwaith cartref. Roedd hi wedi osgoi a thrio anghofio amdano fo tan heddiw. Ond mi roedd ei mam wedi atgoffa ei nain neithiwr ar y ffôn fod gan Heledd waith ysgol i'w wneud. Gan nad oedd Heledd wedi agor unrhyw lyfr ers dros wythnos roedd hi'n banic stations go iawn y bore Sul hwnnw.

'Lle mae o?' ochneidiodd eto.

'Ar y seidbord draw yn fancw 'li.'

Gafaelodd Heledd ym Meibl y geiriau, Geiriadur Bruce, a'i bloncio ar y bwrdd gan duchan.

'Ti 'di ca'l hyd iddo fo?'

'Rhowch gyfle i mi!' Fflicioddd Heledd drwy'r tudalennau brau yn wyllt.

'Cym bwyll, wir,' ceryddodd ei nain, 'neu mi fyddi di wedi rhwygo un o'r tudalennau!'

Llithrodd bys ei hwyres i lawr y dudalen yn araf. 'Un . . . Un . . . Un re . . . un re . . . sut dach chi'n sillafu *unrequited*?'

'*U n re qu ited*,' sillafodd Gwen yn araf.

'A! Dyma fo.' Darllenodd Heledd yr esboniad. '*Unrequited love* – cariad annych . . . annych . . . Darllenwch chi o, Nain.'

Tynnodd Gwen ei sbectols oddi ar ei phen a'u gosod ar ei thrwyn. 'Cariad annychweledig / digydnabod / digydnabyddiaeth, cariad nas dychwelir / dychwelid / dychwelwyd, cariad nas cydnabyddir / cydnabyddid / cydnabuwyd.'

Ochenaid o gyfeiriad y llyfr mawr drachefn. 'A be ma' hynna'n ei feddwl?'

'Wel, deuda dy fod ti'n licio rhywun yn ofnadwy, wedi mopio dy ben yn lân ond yn anffodus, dydi o neu hi ddim yn teimlo 'run fath. Rwbath felly ydi o.'

'O, dwi'n dallt. Fatha dwi in lyf efo Harry.'

'Harry?'

'Harry Styles, siŵr.'

'A pwy ydi hwnnw pan mae o adra?'

'Dach chi ddim yn gwbod pwy ydi Harry Styles?'

Ebychiad o anghrediniaeth o gyfeiriad y bwrdd.

'Un o ffor' yma ydi o? O'n i'n rysgol efo'i nain neu daid o?'

Chwarddodd Heledd yn uchel. 'Cês dach chi, Nain!'

'Be sy mor ddigri?'

'Mewn grŵp mae o. One Direction. Ma o'n lysh.'

'Deuda di.'

'Dach chi di weld o, Nain?'

'Ewadd, naddo siŵr.'

'Ma o'n gorjys. 'Swn i'n gneud rwbath i ga'l bod yn gariad iddo fo. Dwi'n rhoi sws fawr iddo fo cyn mynd i gysgu bob nos 'chi.'

'Wyt ti, wir? A sut ti'n manejio neud hynny?'

'Mae gin i boster mawr ohono fo uwchben fy ngwely. A'r peth dwytha dwi'n ei neud bob nos ydi rhoi sws fawr iddo fo.'

'O, grasusa! Mi fydd mam a thad yr hogan fach 'ma yn cal trafferth hefo hon pan ddechreuith hi glwad oglau ar ei dŵr,' meddyliodd Gwen. 'Unarddeg neu deunaw ydi ei hoed hi?'

'Dwi 'di bod yn eu consart nhw a bob dim. Odd o'n ôsym!'

'Fysa'n well i ti ganolbwyntio ar dy waith cartref, dwa', yn lle rwdlian am yr Harry 'ma?'

'Dach chi isio gweld ei lun o?'

Ymhen eiliad roedd Heledd wedi'i gwglio fo ar ei iPad.

'Pat Boone o'n i'n ei lico.'

'Be? Pat? Oeddech chi mewn cariad efo hogan?' Daeth ebychiad o anghrediniaeth o gyfeiriad y bwrdd unwaith eto.

'Dyn oedd o. Canwr. Y fo o'n i'n ei licio,' meddai Gwen yn dwyn i go' y nosweithiau di-ri y bu'n gwrando ar lais hudolus y canwr poblogaidd hwnnw yn ystod y pumdegau a dechrau'r chwedegau. Byddai wrth ei bodd yn gwrando ar ei heilun yn canu 'April Love'.

'Ylwch del ydi o.'

Craffodd Gwen ar lun y seren bop ar yr iPad. Mi roedd yn rhaid iddi gyfaddef ei fod o'n hogyn bach digon del. A deud y gwir, mi roedd o'n ei hatgoffa hi o rywun. Yr un mop o wallt cyrliog, brown, y dannedd claerwyn a'r llygaid gwyrdd.

'*Unrequited* lyf fi ydi o.'

Oedd, yn bendant mi oedd y llefnyn ifanc yma, gwrthrych serch ei hwyres, yn ei hatgoffa hi o rywun. Fel fflach, daeth gwrthrych ei chariad digydnabyddedig hithau yn ôl i'w chof.

Roedd hi'n ei hôl yn Ysgol Thomas Jones, Amlwch, unwaith eto. Yr ysgol, fel hithau, yng nghanol y pumdegau yn ifanc, ffres a llawn brwdfrydedd. Doedd Gwen ddim yn hidio ryw lawer am y gwersi, ar wahân i wersi ymarfer corff a Chymraeg. Ond edrychai mlaen at fynd i'r ysgol bob bore, serch hynny. Na, nid oherwydd y gwersi, nac i gyfarfod ei ffrindiau. Y rheswm pam roedd hi mor eiddgar i fynd oedd er mwyn cael gweld Eifion. Eifion Williams.

Byddai ei chalon yn llamu bob tro y byddai'n ei weld. Bob tro y byddai'n ei weld yn ei sgwario hi'n llancaidd hefo'i ffrindiau amser cinio yn y cantîn. Bob tro y byddai'n ei weld yn ei hochorgamu hi ar y cae pêl-droed. Ei goesau cyhyrog yn gwneud iddi deimlo pethau dieithr a rhyfedd iawn, ond nid amhleserus.

Pan drawodd y ddau i mewn i'w gilydd yn y coridor un

pnawn bu bron iawn i Gwen lewygu. Y fath wefr o'i gael o mor agos ati. Teimlo cyffyrddiad ei gorff, arogli'r gymysgedd o arogl sebon a phowdr golchi. Ai Omo oedd o? Ynte Persil? Byddai'n rhaid iddi berswadio'i mam i newid ei phowdr golchi er mwyn iddi gael ei hatgoffa'n feunyddiol o arogl Eifion.

'Be ti'n neud, hogan?' holodd mam wrthi pan welodd Gwen yn codi'r bocsys powdr golchi fesul un oddi ar y silff yn siop Huw Robaij, gan eu harogli'n fanwl.

'Dim byd. Dim ond gweld pa un sy'n ogleuo'n neis.' Cochodd Gwen at ei chlustiau.

'Rho gora' iddi, wir! Be haru ti, dwa'?'

Pan sefydlodd Eifion a'i ffrindiau grŵp sgiffl yn yr ysgol, diflannodd pob teyrngarwch a theimladau oedd ganddi tuag at Pat Boone dros nos. Roedd Eifion fel Elvis, yn sefyll a'i goesau ar led ar lwyfan neuadd yr ysgol a'i wallt trwchus wedi'i blastro efo Brylceem i geisio rheoli'r cyrls. Ond hyd yn oed ar ôl defnyddio bron i botiad o'r stwff, roedd ambell gyrlan bowld yn dal i fynnu gwneud ymddangosiad, yn enwedig pan fyddai'n mynd i hwyl wrth strymio'i gitâr.

Ond byddai ei chalon fach yn torri bob tro y byddai'n ei weld o'n cerdded law yn llaw yn yr iard neu'n snogio yng nghefn y bws ysgol hefo Catherine Humphreys, ei gariad ers chwe mis a mwy bellach.

'Wn i'm be mae Eifion yn 'i weld yn honna,' sibrydodd Mai, ffrind pennaf Gwen, un pnawn, wrth iddi weld y siom ar wyneb Gwen pan ddaeth Eifion a Catherine ar y bws law yn llaw.

Gwenodd Gwen yn wanllyd, gan hel cudyn o'i gwallt fflamgoch, oedd wedi dod yn rhydd o'i phlethan, o'i llygaid.

Chwarae teg i Mai, roedd hi'n ffrind triw ac wedi bod ers bore oes. Roedd y ddwy wedi'u magu efo'i gilydd fwy neu lai, gan fod ffermydd y ddau deulu'n ffinio ar ei gilydd.

Ond un diwrnod, cafwyd y llygedyn lleiaf o obaith i'r berthynas unochrog hyd yma, a hynny yn y modd mwyaf annisgwyl. Roedd Gwen wedi hen golli blas yn y wers arithmetic ers meitin ac wrthi'n ymarfer ei *penmanship* ar glawr cefn ei lyfr. Ymarfer sgwennu ei henw oedd hi: Gwen Elisabeth Williams. Dim byd yn od yn hynny, heblaw mai Gwen Elisabeth Rowlands oedd Gwen. Eisiau gweld sut roedd Gwen Elisabeth Williams yn edrych ar bapur oedd hi, sef cyfenw Eifion. Gwen Elisabeth Williams. G E Williams. Roedd yn edrych yn dda, meddyliodd, a gwenu wrthi'i ei hun yn freuddwydiol. Gwen Williams ... Gwen Williams ... Gwen Williams ... Roedd yn swnio'n dda hefyd.

'Gwen Rowlands!'

Roedd rhywun yn gweiddi ei henw. Deffrodd Gwen.

'Dwl 'ta byddar ydach chi, hogan? Glywsoch chi be ddudis i?' taranodd yr athro uwch ei phen.

Neidiodd Gwen bron allan o'i chroen heb sôn am ei sêt. 'Newidiwch sêt efo Dafydd Price. Rŵan!'

Edrychodd Gwen mewn penbleth ar yr athro. Pam yn y byd mawr roedd o isio iddi hi newid desg efo Dafydd Price? Doedd hi ddim wedi gwneud dim byd o'i le.

Erbyn dallt, roedd Glyn Thomas, yr athro, wedi cael llond bol ar gambyhafio Dafydd Price a'i ffrind yng nghefn y dosbarth. A'r bore hwnnw roedd o wedi cyrraedd pen ei dennyn hefo'r ddau ac wedi penderfynu eu gwahanu.

Penderfynodd symud Dafydd i eistedd yn y tu blaen, yn sêt arferol Gwen a'i symud hithau i'w sêt o. Y sêt wrth ochor ei ffrind – Eifion Williams.

Bu bron iawn i Gwen gael haint yn y fan a'r lle pan sylweddolodd wrth ochor pwy roedd hi'n mynd i eistedd. Gwridodd a churodd ei chalon ddeg gwaith cyflymach.

'Heddiw, ddim fory, Gwen!' Un difynadd fuodd Glyn Thomas erioed.

Cododd Gwen yn araf, a theimlai lygaid y disgyblion eraill i gyd yn syllu arni. Teimlai fel petai wedi gwneud rhyw gamwedd difrifol a hithau'n gwbwl ddieuog. Wel, heblaw dwdlio'i henw yn lle canolbwyntio ar y wers, ond twt, doedd pawb yn gwneud hynny? Roedd llygaid pawb arni hi. Pawb, hynny yw, heblaw'r un roedd hi'n dyheu iddo syllu arni hi. Ond na, roedd pen cyrliog Eifion i lawr, wedi pwdu'n lân, rŵan fod ei ffrind wedi cael ei hel o'i nyth yn ddiseremoni a bod 'na ryw gwcw wirion yn symud i'w le.

Os oedd Gwen yn methu canolbwyntio cyn hynny, roedd hi wedi canu arni hi rŵan. Diolchodd mai rhyw gwta ddeng munud oedd ar ôl o'r wers. A fuodd hi erioed mor falch o glywed y gloch yn canu. Ond taranodd lais Glyn Thomas yn uchel pan gododd pawb o'u seti.

'Dafydd Price, eistedda di yn y tu blaen o hyn ymlaen, ti'n dallt? I mi ga'l cadw llygad barcud arna chdi, ngwas i. Gwen, gei di aros yn y cefna 'na.'

Wrth i Gwen ddwyn i gof ddyddiau ei harddegau, ei hwyres yn sgwennu'n brysur wrth y bwrdd, gwenodd wrthi'i ei hun. Mae'n rhaid bod 'na rywbeth yn null dysgu Glyn

Thomas wedi'r cwbwl. Cyn iddo ymddeol, bu Dafydd Price yn bennaeth Mathemateg am flynyddoedd mewn ysgol yn ardal East Grinstead.

Chysgodd Gwen yr un winc y noson honno wrth iddi droi a throsi, yn meddwl y byddai'n eistedd wrth ochor Eifion ym mhob gwers arithmetic o hyn allan. Sut yn y byd mawr roedd hi am ganolbwyntio ar bethau diflas fel *simultaneous equations*, a dim ond trwch blewyn rhyngddynt?

Methodd fwyta ei huwd y bore canlynol.

'Be sy matar arnat ti, hogan? Ti'n clafychu am rwbath, dwa'?'

Oedd, mi roedd Gwen yn clafychu. Ond claf o serch oedd hi. Hen anfadwch digon annifyr, a dweud y gwir, a fawr o wellhad iddo fo.

O'r diwrnod hwnnw, yn wahanol iawn i'r arfer, edrychai Gwen ymlaen at y gwersi arithmetic. Byddai'n llamu'n llawen i'w sêt gan ddisgwyl yn eiddgar iddo fo gyrraedd.

'Ti 'di gneud y gwaith cartra?' gofynnodd Eifion iddi un diwrnod.

O, mam bach! Mi roedd Eifion wedi siarad hefo hi! Y tro cyntaf iddo siarad â hi!

Blasodd ac ailflasodd Gwen ei eiriau fel petai Richard Burton ei hun newydd adrodd rhyw linell fawr o ddrama o eiddo Shakespeare o'i blaen.

'Wyt ti?' llefarodd wedyn.

Curodd ei chalon yn gyflymach – roedd Eifion yn cynnal sgwrs â hi. Hi! Roedd 'na ddeialog yn cael ei chynnal rhwng y ddau ohonyn nhw. Roedd y peth yn gwbl hollol anghredadwy o anhygoel.

'Sori?'

'Wyt ti 'di gneud y gwaith cartra?' medda fo wrthi wedyn.

'Gwaith cartra arithmetic? Roedd 'na don o amnesia wedi dŵad trosti mwyaf sydyn.

'Wel, wyt ti?'

Dadebrodd Gwen. 'Do. Pam?' Llyncodd ei phoeri.

'Ti'n meindio os ga i gopïo fo?'

Rhuthrodd Gwen i'w bag gan estyn ei llyfr iddo'n eiddgar. Roedd Eifion wedi gofyn gâi o gopïo'i gwaith cartra hi, neb arall. Ei gwaith hi. Mae'n rhaid bod hynny'n arwydd, debyg? Arwydd ei fod yn ei licio hi?

'Diolch,' meddai fo'n swta a dechrau copïo'i hatebion ffŵl spid.

'Iwsio chdi mae o, Gwen,' meddai Mai wrthi ar ôl iddi roi ei gwaith cartref i Eifion ei gopïo am y pumed tro.

'Naci, tad!' protestiodd Gwen yn amddiffynnol, o'i cho' fod Mai wedi awgrymu'r fath beth. 'Ti'm yn dallt.'

'Dwi'n dallt digon i wybod bod Eifion Williams wedi sylwi bod gin ti *soft spot* amdano fo a mae o'n manteisio ar hynny. Deuda wrtho fo ble i fynd, Gwen.'

Iwsio hi neu beidio, doedd dim ots gan Gwen. Byddai'n fodlon rhoi a gwneud unrhyw beth i Eifion. Ond fe ddaeth y trefniant bach yma i ben yn ddisymwth pan ffeindiodd Glyn Thomas fod atebion anghywir Eifion a Gwen yn cyfateb i'w gilydd.

'Pwy syn copïo pwy?' Mynnodd Glyn Thomas gael gwybod a'i lygaid fel dur. Roedd y ddau wedi cael symans i aros ar ôl ar ddiwedd y wers.

'Wel? . . . Pwy nath? . . . Dwi'n aros am ateb.'

'Y hi nath,' mwmiodd Eifion o dan ei wynt, gan edrych fel ci oedd wedi lladd llond cae o ŵyn bach.

'Gwen Rowlands, I will not tolerate this kind of behaviour in my class! One hundred lines and detention.' Roedd tueddiad gan Glyn Thomas i droi i'r iaith fain pan fyddai wedi gwylltio. Ac mi roedd o'n dop caets go iawn y diwrnod hwnnw. 'I am very disappointed in you, Gwen. Very disappointed!'

Nid Glyn Thomas oedd yr unig un a oedd wedi cael ei siomi'r diwrnod hwnnw. Roedd brad Eifion wedi'i llorio'n llwyr.

'Be ddeudes i wrtha ti?' meddai Mai a oedd yn disgwyl amdani tu allan i'r dosbarth pan soniodd Gwen wrthi be oedd wedi digwydd. 'Ma' gin hwnna wyneb!'

Oedd. Wynab lyfli, meddyliodd Gwen, yn dal yn ddall. 'Yli, ma'n rhaid bod ganddo fo ei resyma am neud be nath o,' meddai hi, yn amddiffyn y diffynnydd.

'Rho gora i gadw arno fo, Gwen! Sglyfaeth di-asgwrn-cefn ydi o! Pa fath o reswm fysa ganddo fo,' meddai ei ffrind wedyn, 'heblaw i arbed ei groen ei hun?'

'O, mam bach, mae o'n dŵad ffor' hyn!' Cynhyrfodd Gwen drwyddi.

'Sgin ti funud, Gwen?' Brasgamodd Eifion draw i'w cyfeiriad. 'Yn breifat,' meddai'r llais yn siort wedyn gan roi fflach o edrychiad i gyfeiriad Mai a fyddai'n gwneud i ŵydd ymosodol wadlo wysg ei chefn yn ôl i'w chwt.

Yn gyndyn, gadawodd Mai ei ffrind yng nghwmni'r bradwr. Gobeithiai'n fawr na fyddai Gwen yn llyncu esgusodion Eifion a chael ei swyno ganddo. Methai'n lân â deall sut roedd Gwen mor ddall i'r ffordd roedd yn cael ei thrin ganddo. Oedd, mi roedd o'n andros o bishyn, ond toedd o'n gwybod hynny hefyd ac yn manteisio ar hynny ymhob ffordd bosib?

Tawelwch chwithig. Allai 'run o'r ddau edrych ar ei gilydd. Un oherwydd embaras ac euogrwydd a'r llall oherwydd embaras a chariad ffôl.

'Ym . . . sori . . . sori ar roi'r bai arna chdi.'

'O, mae'n iawn, siŵr.' Brathodd Gwen ei gwefus a diolchai i'r nefoedd nad oedd Mai ddim o gwmpas y funud ohono. Gwyddai'n iawn y byddai honno'n gwaredu petai'n gwybod ei bod hi wedi dweud y ffasiwn beth.

'Dwi mewn trwbl yn barod hefo'r Prifathro, a 'swn i 'di ca'l *detention* eto gan Glyn Maths, no we sa' fo 'di gada'l i mi chwara yn y twrnamaint pump bob ochor wsnos nesa.'

'Na, na, dwi'n dallt yn iawn.' Er roedd hi'n poeni fymryn bach sut roedd hi'n mynd i esbonio'r *detention* a'r cant o linellau wrth ei mam a'i thad y noson honno.

'Eniwe. Diolch.' Rhoddodd winc a gwên fawr lydan ar Gwen cyn troi ar ei sawdl a'i sgwario hi ar hyd y coridor.

Roedd o wedi wincio a gwenu arni hi! Roedd Gwen yn ei seithfed nef! Roedd y *detention*, y llinellau a'r cerydd y byddai'n siŵr o'i gael adra yn werth y cyfan er mwyn gael gwên a winc gan Eifion.

Mae'n rhaid ei fod o'n fy ffansïo fi fymryn bach, meddyliodd Gwen. Mae'n rhaid ei fod o.

Atgyfnerthwyd gobaith Gwen pan welodd haid o ferched fel ieir yn amgylchynu Catherine Humphreys yn y *cloakroom* ychydig ddyddiau wedyn. Roedd Catherine yn ei dagrau a doedd dim modd ei chysuro. Gwnaeth Mai siâp ceg anferth i gyfeiriad Gwen – MAE O 'DI GORFFEN EFO HI.

Llamodd calon Gwen a châi gryn drafferth i guddio'r wên fawr oedd yn mynnu lledu ar draws ei hwyneb. Roedd y garwriaeth fawr ar ben! O'r diwedd roedd Eifion Williams yn rhydd! Doedd dim rhwystr bellach. Dim ond mater o amser oedd hi rŵan, dim ond mater o amser, nes y byddai Eifion yn siŵr o ofyn iddi hi. Plis, Duw, plis neith o ofyn i fi fynd allan hefo fo . . .

Roedd dawns yr ysgol yn cael ei chynnal y nos Wener honno. Ond doedd hi ddim wedi clywed siw na miw gan Eifion. Ac nid gormodiaith fyddai dweud bod Gwen fymryn bach yn siomedig. Ond daliai ei gafael o hyd yn y llygedyn lleiaf o obaith y byddai, efallai, yn gofyn iddi ar y noson ei hun. Dyna oedd o, mae'n siŵr. Aros tan y noson ei hun oedd o.

'Licio dy ffrog di, Gwen!' Mi gafodd hi sawl sylw edmygus y noson honno. Roedd hi wedi ordo'r ffrog yn arbennig ar gyfer y noson o gatalog ei mam.

'Neith hi bresant pen-blwydd i mi,' crefodd Gwen.

'Ond tydi dy ben-blwydd di ddim am fisoedd eto!' meddai ei mam gan sbio'n hurt arni hi.

'Dwi'n gwybod. Ond dwi'n gaddo 'na i ddim gofyn am ddim byd arall. Plis . . . A sgin i 'run ffrog syn ffitio.'

Roedd hynny'n ddigon gwir. Ers i Gwen fynd i'r fform ffeif, roedd hi wedi llamu tyfu, roedd hi bron cyn daled â'i thad ac wedi hen basio'i mam.

Gwyddai ei bod hi'n edrych yn dda yn y ffrog liw emrallt hefo'r bais stiff oddi tani a'r belt mawr gwyn yn dangos ei gwasg denau'n berffaith. Roedd ei gwallt wedi'i ryddhau o'r ddwy blethen arferol ac yn gorwedd yn donnau fflamgoch i lawr ei chefn. Dawnsiai griw da i ganeuon Elvis, Bill Haley a'i Comets, Jerry Lewis ac eraill. Roedd hi'n noson dda, a deud y gwir, heblaw am un peth bach. Doedd dim golwg o Eifion. Teimlai Gwen fel petai'r holl baent, y powdr a'r ffrog yn ddibwrpas. Doedd o ddim yno i'w gweld hi. Ceisiodd roi'r argraff ei bod yn mwynhau ei hun a nodio yn y llefydd iawn yn ystod sgwrs efo Mai a'r genod eraill, ond methai â thynnu ei llygaid o gyfeiriad y drws, yn y gobaith o'i weld o'n cerdded i mewn.

Yna gwelodd o. Mi welodd o'n camu i mewn i'r neuadd yn llawn hyder a'i wên fel petai'n goleuo'r holl neuadd. Roedd y siwt *teddy boy* dywyll a'r crys claerwyn yn ei ffitio fel maneg a phob blewyn o'i wallt yn ei le. Fel magnet, trodd pennau'r merched i gyd i'w gyfeiriad gan fynd i lesmair llwyr yn union fel petai Elvis ei hun newydd gerdded i mewn.

'Hy! Sbia arno fo'n 'i sgwario hi!' ffromodd Mai. 'Pwy mae o'n feddwl ydi o? James Dean?'

Anwybyddodd Gwen y sylw. Roedd hi wedi'i mesmereiddio'n llwyr, yn methu'n glir â thynnu ei llygaid oddi ar ei heilun drwy'r nos. Yna, sylweddolodd fod Eifion yn syllu arni hi. Daliodd ei llygaid ychydig eiliadau yn hirach nag oedd yn gyffforddus. Gwenodd arni. Edrychodd Gwen i ffwrdd yn frysiog gan deimlo'i bochau'n llosgi.

'Mae'n boeth yma. Dwi'n mynd i'r tŷ bach,' meddai wrth Mai.

'Ddo i hefo chdi.'

Roedd y toiledau'n llawn cynnwrf a phob drych yn

adlewyrchu rhesi o genod yn powdro a phincio. Clywyd ambell gri o 'Ga i fenthyg dy lipstic di? Damia, dwi 'di ca'l *ladder*! Dwi jyst â mygu, lats bach – ma'r *roll on* 'ma'n lladd i!'

Golchodd Gwen ei dwylo. Fe helpodd y dŵr oer dros ei harddyrnau i'w hoeri ryw fymryn. Brwsiodd ei gwallt ac yna estyn ei minlliw. Roedd hi ar ganol rhoi'r minlliw ar ei gwefus ucha pan glywodd hi'r frawddeg.

'Dwi 'di clywed ei fod o am ofyn iddi hi fynd yn ôl efo fo heno.'

Suddodd ei chalon fel carreg mewn pwll ac fel diffodd swits golau, diflannodd gobaith Gwen. Ochneidiodd, gan syllu arni ei hun yn y drych. Yn y styrbans roedd ei lipstic wedi smwtsio. Be ar wyneb y ddaear wnaeth iddi hi feddwl y byddai gan rywun fel Eifion Williams ddiddordeb mewn mynd allan hefo rhywun fatha hi, p'un bynnag? Y hi hefo'i gwallt coch a'i brychni. Roedd hi'n hyll, fel polyn o dal.

Ochneidiodd yn uchel. 'Faint o gloch mae Owen yn dod i'n nôl ni?' holodd Mai. Roedd brawd hŷn Mai wedi cael ei berswadio i nôl y ddwy o'r ddawns.

'Ma' siŵr ei fod o yna rŵan. Geith o witsiad am bum munud bach. Tyrd,' meddai Mai gan roi ei braich ym mraich Gwen. 'Awn ni i ddawnsio.' Roedd hi wedi sylwi ar y siom ar wyneb ei ffrind pan glywodd hi'r newydd am yr ailgymodi.

Er nad oedd ganddi hi fawr o fynadd, dilynodd Mai yn ôl i'r neuadd. Roedd 'na ryw record gan Chuck Berry yn cael ei chwarae. Gwnaeth Gwen ymdrech i ddawnsio, ond bellach, roedd hi'n teimlo'n ofnadwy o hunanymwybodol a digalon.

Daeth y gân i ben a newidiwyd y tempo ar gyfer y ddawns olaf. Clywyd llais soniarus Pat Boone a'i 'April Love' dros y neuadd. Heidiodd y cyplau i'r llawr am smŵj a brasgamodd Gwen yn wyllt i gyfeiriad ei sedd. Yna, teimlodd law ar ei hysgwydd. Trodd rownd. Allai hi ddim credu'r peth! Yn sefyll o'i blaen yn gwenu roedd Eifion. Bu ond y dim i'w chalon neidio allan o'i brest.

'Ti am ddod i ddawnsio?' medda fo gan estyn ei law iddi.

Gwenodd hithau yn ôl arno fo gan gymryd ei law a gafael ynddi'n dynn wrth iddo'i harwain yn ôl i'r llawr. Gallai deimlo llygaid pawb yn y neuadd yn syllu ar y ddau'n gegrwth, yn enwedig Mai a Catherine Humphreys.

Freuddwydiodd Gwen erioed mor ffantastig o wych fyddai'r teimlad o gael bod ym mreichiau Eifion Williams. Y ddau'n siglo'n araf i rythm y gân.

'Dwi 'di bod yn dy wylio di drwy'r nos,' sibrydodd yn ei chlust. 'Ti'n edrach yn ffantastig yn y ffrog 'na a dy wallt di i lawr fel hyn.'

Yna, daeth rhyw hen deimlad hyll, annifyr trosti. Doedd bosib ei fod o'n ei defnyddio hi er mwyn gwneud Catherine yn genfigennus? Fysa fo byth yn gwneud hynny, siawns. Llyncodd ei phoeri gan edrych i fyw ei lygaid.

'O'n i 'di clwad dy fod ti a Catherine yn mynd 'nôl efo'ch gilydd.'

'Be? Lle glywaist ti beth felly?'

'Glywes i rywun yn deud dy fod ti am ofyn iddi fynd 'nôl efo chdi heno.'

'Hy! 'Di cam-ddallt oeddan nhw. 'Di clywed hanner stori.'

'Be ti'n feddwl?'

'Yr unig beth ddeudes i oedd, "Ella wna i ofyn iddi hi

heno." Hynny ydi, gofyn i CHDI fynd allan efo fi heno.'

Fedrai Gwen ddim credu ei chlustiau. Roedd wedi breuddwydio am y foment yma ganwaith. Diolch, Dduw! Diolch i chdi am wneud i Eifion fy licio i. O, mam bach! Roedd hi'n methu stopio gwenu.

O gil ei llygaid gwelodd Mai yn edrych ar ei wats ac yn gwneud arwyddion yn wyllt ar Gwen ei bod hi'n bryd iddyn nhw adael.

'Ma'n rhaid i mi fynd.'

Teimlai Gwen fel Sinderela.

'Wela i di ddydd Llun,' gwenodd Eifion arni gan afael ynddi'n dynn.

Ei llaw hi y byddai'n gafael ynddi o hyn ymlaen, ei gwefusau hi y byddai'n eu cusanu. Ac roedd o'n mynd i wneud hynny rŵan! Symudodd ei ben yn agosach ati, anelodd ei wefusau i gyfeiriad ei gwefusau hi. Roedd y ddau ar fin snogio . . . Caeodd Gwen ei llygaid gan disgwyl y foment fawr . . . y foment bu'n dyheu cymaint amdani . . .

Gwefusau gwlyb, glafoeriog. Clencian dannedd yn erbyn ei gilydd. A gwaeth na hynny – roedd ei wynt yn drewi. Cael a chael fu hi iddi beidio â chyfogi yn y fan a'r lle. Y fath siom!

Gwenodd Gwen wrth iddi gofio 'nôl i'r adeg pan oedd hi wedi gwirioni ei phen yn lân am Eifion Williams. Tybed beth oedd ei hanes o bellach?

'Pam dach chi'n gwenu, Nain?' holodd ei hwyres.

'Dim byd, mechan i. Cofio 'nôl am rwbath 'nes i.'

Yna, agorwyd drws y gegin.

'Fama dach chi'ch dwy.'

'Haia, Taid.'

'Be dach chi'ch dwy wedi bod yn ei neud?'

'Gwaith cartref am gerddi cariad. Boring. O'dd ganddo chi *unrequited love* erstalwm, Taid?'

'*Unrequited love?* Nag'odd, siŵr! Dim ond trŵ lyf o'dd gin i.'

'Trŵ lyf? Pwy, 'lly?'

'Dy nain, siŵr iawn. A dwi'n dal in lyf efo hi heddiw.'

'Ych! Sopi!'

Tynnodd ei thaid ei welingtons a mynd i gynhesu ei draed a'i ddwylo wrth yr Aga.

'O'dd dy hen fodryb wedi fy mherswadio i i nôl dy nain a hithau o ryw ddawns ysgol. O'n i newydd basio nhest dreifio. Ond ro'dd y ddwy'n hwyr yn dod allan a finnau wedi fferru yn y car yn disgwyl amdanyn nhw, ac yn flin. Mi ddoth y ddwy yn y diwedd. A'r funud y gwelais i dy nain yn ei ffrog werdd nes i faddau pob dim i'r ddwy. Cyn hynny dim ond ffrind i fy chwaer fach oedd dy nain, ond y noson honno mi wnes i syrthio dros fy mhen a nghlustiau mewn cariad efo hi. Yn do, Gwen?'

Gwenodd ei wraig yn ôl ar arno. Ar ôl bron i hanner can mlynedd o fywyd priodasol doedd fflam eu cariad ddim wedi pylu dim.

'Mi roedd dy daid yn un da am gusanu.'

'Be haru ti? Dwi'n dal yn un da. Dwi'n dal heb golli'r nac. Tyrd yma.'

Ar hynny gafaelodd Owen yn Gwen a rhoi clamp o sws iddi.

'Ych! Dach chi mor embarasing!' griddfanodd eu hwyres.

Na, gwenodd Gwen, doedd Owen ddim wedi colli'r nac.

Y Dderbynwraig

Roedd yn ddiolchgar am damprwydd y festri: gallai syllu ar gornel y nenfwd bob wythnos yn ei gyfarfod blaenoriaid, a byddai'r newidiadau ym mhatrwm y patsys tywyll yn ei gyfareddu ac yn gwneud i'r amser basio. Doedd arno ddim isio bod yma heddiw chwaith, a'r glaw'n codi'n stêm o gotiau caci'r blaenoriaid. Aeth y drafodaeth y tu hwnt i'w sylw ers dros bum munud, ac roedd Emyr yn brysur yn olrhain *comb-over* Eliseus Owen o'r ffrinj felen, drwy droadau cymhleth, dros gorun moel, at gefn ei ben. Ond fe'i styrbiwyd.

'Mr Jackson.' Roedd yn dal yn dilyn llwybrau'r gwallt. 'Emyr! Er mwyn y nefoedd, deffra, hogyn.'

Trebor Twrna oedd yr un a feiddiai siarad felly â'i weinidog. Styriodd Emyr.

'Ia, wel . . . mae 'na bwyntia didwyll a meddylgar iawn ar y ddau du,' cychwynnodd, gan deimlo'i eiriau'n sychu. Drwy drugaredd, torrodd rhywun ar ei draws.

'Y pwynt allweddol yn hyn oll – a rhywbeth dwi heb glywed unrhyw gyfeiriad ato hyd yn hyn, ysywaeth – ydi ewyllys yr Arglwydd.' Tony oedd y blaenor oedd yn credu go iawn yn Nuw – tipyn o nofelti a niwsans. 'Yma i wasanaethu Iesu Grist ydan ni, ond mae enw'r gwaredwr yn reit bell o'n tafodau ni.'

Dechreuodd ambell flaenor nodio'i ben yn awtomatig, ond roedd Trebor ar ormod o hast.

'Tony, pob parch i ti ac i Iesu Grist, ond trafodaeth ymarferol ydi hon.'

Cyn i bethau fynd yn gas, cododd Eliseus Owen ei law, a gofyn a fyddai'n rheitiach ceisio arweiniad Duw mewn gweddi. Trodd pob llygad at Emyr. Nodiodd yntau; plygodd pob pen tua'r llawr.

'Dduw Dad,' meddai, gan newid ei oslef. 'Rydan ni'n cofio i ti, ar groes Calfaria, dalu'r pris ar ein rhan ni: fe groesaist ti filiau'r nef. Down at dy orsedd di heddiw gyda bil o fath gwahanol: dau ddyfynbris, fel y gwyddost ti, am drwsio to'r festri.'

Gyda phob gair, roedd o'n fwy siomedig â fo'i hun a'i fywyd, yn ffieiddio at y festri a'r bobl ynddi a'u dillad crîm ac oglau eu hanadl a'u gwalltiau, yn casáu Trebor a'i besychu awgrymog a'i siwt berffaith. Roedd arno isio dianc.

Doedd dim dianc i'w gael y pnawn hwnnw: roedd yn rhaid iddo fynd i ymweld. Yng nghegin fawr y mans, trawodd becyn o greision ar blât a'u bwyta'n ara deg – eu sugno a'u hanwesu â'i dafod – er mwyn ceisio gohirio troi am Fangor. Ond mynd oedd raid.

Gwisgai ei goler i fynd i ymweld – roedd hi'n agor drysau ac yn gwagio cadeiriau. Sgytlai pobl o'r neilltu yn y coridor wrth iddo wenu arnynt, gan ei fod ar berwyl sanctaidd; rhoddai coler rwydd hynt iddo wenu rhywfaint yn hwy ar dinau'r nyrsus.

Ffeindiodd ei ffordd i'r ward, ac adnabod ei aelod. Doedd hon ddim y beth fwya siaradus cyn ei strôc, felly fyddai dim angen iddo drio deall ei chwestiynau a'i hateb a sgwrsio ac ati.

Edrychodd ar y corff yn y gwely wrth ei ymyl: croen tenau a'r esgyrn yn onglog a gwelw dano, gwallt mân a oedd wedi colli'r ewyllys i dyfu. Adroddodd y newyddion: pwy oedd wedi marw, pwy oedd yn well, sôn am waith yr Ysgol Sul, ambell bwt dibwys o'r dre, llwyddiannau mewn arholiadau. Ond roedd ei feddwl yn rhywle arall: mewn ward yr un ffunud â hon, bum mlynedd ar hugain ynghynt, yn sbio ar ei nain yn gwanio'r un fath. Llwyddodd i gadw'i lais yn gadarn. Roedd popeth yn wahanol ar ôl i Nain farw – dim byd yn teimlo cweit mor saff, fferins ddim cweit mor felys.

Cofiodd yr hyn ddywedodd un o'i fêts wrtho yn y Coleg Diwinyddol: llai o bres aelodaeth, dyna'r cwbwl mae marwolaeth aelod yn ei feddwl. Paid â chlymu dy deimladau wrth y bobl 'ma.

Gwasgodd ei llaw a ffarwelio.

Gan ei fod ym Mangor beth bynnag, penderfynodd fynd yno. Roedd arno angen gollwng stêm. Gadawodd ei gar yn yr ysbyty a cherdded, er ei bod yn dipyn o step: allai o ddim bod yn rhy ofalus. Er ei fod yn mynd yno'n achlysurol ers blwyddyn neu ddwy, roedd o'n dal heb feddwl beth fyddai ei ymateb pe bai rhywun yn ei gyhuddo.

Roedd wedi hen gyfiawnhau'r arfer iddo'i hun. Roedd yn ddyn sengl, yn taro ar ddrws 38 a, heblaw am un fflyrt â chenhades blaen yn Nhrefeca tua 2006, doedd fawr o obaith am wraig a phriodas. Onid oedd ganddo anghenion fel pob dyn arall? Ac onid oedd yn rheitiach i bawb fod y rheiny'n cael eu bodloni mewn atig ym Mangor, allan o olwg pawb – neb ond fo a'r butain a staff y lle'n gwybod? Golygai sensitifrwydd ei swydd na allai snwyro'i ffordd o gylch tafarnau ei dre ei hun ar nos Sadwrn er mwyn chwilio am damaid. A dweud y gwir wrtho'i hun, go brin y câi lwyddiant.

Ond mater arall fyddai cyfiawnhau'r peth i'w flaenoriaid, ei gynulleidfa a'r henaduriaeth. Go brin y byddai ei resymeg yn tycio efo nhw.

Roedd chwys poeth yn cosi dan ei goler erbyn iddo gyrraedd y tŷ, ac anadlodd yn drwm er mwyn sadio. Doedd dim yn neilltuol am y tŷ – roedd ei drillawr pebldasiog yn edrych yn union fel y tai stiwdants llwm ar yr un stryd. Canodd y gloch a throi i wynebu'r camera bach a sylweddoli'n sydyn ei fod yn dal i wisgo'i goler gron. Chwipiodd hi oddi ar ei wddw cyn iddyn nhw weld ei wyneb, a phwyso'r bysar.

Ymlaciodd yn syth wrth gamu i'r ogof o rubanau a chynfasau porffor. Roedd oglau sbeisys a chwys yn hongian yn yr aer. Camodd at y ddesg fechan. Roedd y dderbynwraig yn newydd, ond roedd o'n teimlo'i fod wedi'i gweld o'r blaen: plwmpen fach ag wyneb crwn, annwyl; ychydig dros ei deugain, a'i gwallt yn dechrau gwynnu; siwt drowsus lelog blaen amdani.

'Oh, hi,' meddai Emyr.

'Duw, sut hwyl?' meddai hithau.

Doedd arno ddim eisiau siarad Cymraeg; hoffai gadw ryw ddieithrwch.

'I was just wondering whether you had anybody available,' meddai Emyr, gan geisio dwyn twang Seisnig trwm i'w leferydd.

'Mi sbia i'r compiwtar 'ma i chdi rŵan, 'ngwas i. Ti'n licio rwbath yn fwy na'i gilydd? Tisio rhywun sy'n siarad Cymraeg?'

'No, no; just normal, please. Eastern European, preferably.' Doedd o ddim wedi teimlo mor anghyfforddus â hyn ers y tro cyntaf; roedd trafod yn Saesneg â madam o Sgowsar a sŵn baco yn ei llais yn dipyn brafiach.

'Hannar awr? Dwi i fod i dy rybuddio di be syn digwydd os ti'n mynd dros d'amsar ne'n trio mynd yn rhy bell, ond dwi'n siŵr na chawn ni broblem efo chdi,' a gwên fach a winc.

Dacia – oedd hi wedi'i nabod?

'Thank you very much,' meddai Emyr, a'i dilyn i fyny'r grisiau.

Wrth i Anya-llygaid-heroin ddatod botymau'i grys, taflodd gip dros ei ysgwydd ond roedd y dderbynwraig wedi hen gilio a chau'r drws o'i hôl.

Eisteddai yn ei stydi, wrth y ddesg dderw dywyll, ganrif oed, yn trio sgwennu'i bregeth at y Sul. Sbiodd ar ei bapur a gwneud llun wyneb gwirion yn y gornel; gwnaeth locsyn ar yr wyneb, a thyfodd y locsyn yn raddol nes cuddio'r geg a'r trwyn a'r llygaid.

Cododd, a byseddu'r rhes o esboniadau llychlyd ar y silff. Penderfynodd gau ei lygaid, agor ei Feibl Peter Williams ar hap, a rhoi'i fys ar y dudalen gan ddewis pa adnod bynnag y glaniai arni'n destun. O. Darn diflas o Lefiticus yn sôn am halogi'r cnawd yn halogi'r holl dir. Dyna'r math o gydddigwyddiad a allai wneud iddo gredu bod Duw'n bodoli, a bod Duw'n snichyn sbeitlyd.

Roedd gwacter ac euogrwydd bob amser yn ei gnoi ar ôl iddo fod at butain, ond heddiw roedd yn fwy pryderus am y dderbynwraig. Roedd hi wedi'i daflu oddi ar ei echel – y lodes gartrefol, Gymraeg, ddymunol: doedd hi ddim yn perthyn i'r byd hwnnw, fel *drag queen* yn y capel. Ac roedd o'n siŵr fod ei hwyneb yn gyfarwydd, felly teimlai'i stumog yn oeri gan ofn i rywun ddarganfod y gwir.

Roedd ei holl oes yn ymddangos yn wastraff iddo. Edrychodd ar ei draed. Roedd o'n gwisgo'r un sgidiau â'i flaenoriaid – dim ond ei fod o'n cael rhai â chareiau, a'r blaenoriaid yn dewis felcro.

Cyfarfod diderfyn o'r henaduriaeth. Roedd o'n chwarae'r gêm eistedd-ar-ei-droed-nes-iddi-fynd-i-gysgu. Ddwedodd o 'run gair o'i ben drwy'r cyfarfod, dim ond brefu pan wnâi un o'i fêts bwynt. Roedd y cyfarfod yn dirwyn i ben.

'Mae 'na un enwebiad am swydd y trysorydd: Rhian Davies, Tabor, Cwm-bach. Pawb yn gytûn?' Cododd pawb eu dwylo. 'Llongyfarchiadau, Rhian!' A churodd pawb eu dwylo a throi i wynebu'r trysorydd newydd. Rhewodd calon Emyr. Hi oedd hi – y dderbynwraig, yn gwenu'n swil ac yn cochi mewn siwt drowsus blaen. Aeth y cyfarfod rhagddo. Roedd Emyr yn chwysu.

Yn ystod y gwag-siarad paneidiog wedi'r cyfarfod, mentrodd ati. 'Llongyfarchiadau i chi ar eich ethol yn drysorydd.'

'Diolch.'

'Be dach chi'n ei wneud o ddydd i ddydd?' penderfynodd Emyr fentro.

'Dwi'n ysgrifenyddes mewn clinig preifat ym Mangor,' meddai, gan edrych yn haearnaidd i'w lygaid.

'O, felly.'

'Ia, felly.'

'Emyr ydw i, gyda llaw.'

'Wn i. Helô, Emyr.'

Be oedd o isio'i ddweud wrthi? Sut allai ddianc?

'Banad 'ma'n dda.'

'Ydi.'

'Fasach chi'n lecio mynd am banad ryw dro?'

'Dydi gweithio mewn clinig ddim yn eich gwneud chi'n ddoctor.'

'Wnes i ddim . . .'

Ond roedd hi wedi mynd i siarad â rhywun arall.

Dim ond picio i Fangor i nôl balŵns o'r siop bunt ar gyfer yr ysgol Sul wnaeth o, ond fe'i cafodd ei hun yn gyrru heibio i'r tŷ di-nod ym Mangor Ucha. Doedd arno ddim awydd treulio amser efo putain: meddwl am Miss Rhian Davies, Tabor, Cwm-bach, oedd o. Roedd o'n dal i deimlo'n chwithig ar ôl embaras eu sgwrs y noson o'r blaen, yn dal i deimlo bod arnyn nhw angen clirio'r aer. Parciodd y car a mynd tuag at y tŷ.

Doedd dim angen iddo ganu'r gloch; yn rhyfedd, roedd y drws yn gilagored. Doedd hynny ddim yn teimlo'n iawn. O gwbl. Aeth i mewn. Dyblodd cyflymder ei galon.

Dros ddesg Rhian, safai horwth o foi moel yn poeri'i gŵyn i'w hwyneb, cyhyrau'n mestyn ei grys a gwythiennau'n byljo yn ei wddw. Yn y gornel crynai hogan denau, hollol noeth, yn igian crio a chleisiau ar ei chroen.

'Oi, cama 'nôl rŵan, mêt,' meddai Emyr. Dychrynodd wrth glywed ei lais ei hun.

'What?'

'Step back now and show some respect.'

'And who the fuck are you?'

'There's no need to be aggressive. This lady deserves some decency.'

'Like fuck she does. Just a frigid old hag no one would even pay to shag.'

Plygodd Emyr ei ben yn ôl yn barod i roi clewtan dalcen i'r horwth.

Ac wedyn aeth y byd yn ddu.

'Aaa.'

'Sh.'

'Hm?'

'Paid â thrio siarad, Emyr. Ti wedi cael tipyn o sgytwad.'

'Mm.'

'Ond mi welli di cyn pen dim.'

'Dwi mewn trwbwl?'

'Mae'r heddlu wedi hen arfer efo mân drafferthion acw. Maen nhw'n gwybod pryd i droi clust fyddar.'

'Sa olwg arna i?'

'Dos di 'nôl i gysgu rŵan.'

'Oes?'

'Oes.'

Fe'i teimlodd yn rhoi sws ar ei dalcen; wedi hynny, roedd cysgu'n hawdd.

'Oi. Deffra.'

'Hm?'

'Sgen i'm amsar i baldaruo.'

'Trebor. Sut hwyl?'

'Blin.'

'O.'

'Fedri di ddychmygu'n sioc i pan ddwedodd Huws Plisman wrtha i iddo fo dy weld di yn fama efo golwg paffiwr sâl ar dy wep.'

'Nid fy. . .'

'Dim ots gen i be ddigwyddodd. Y stori ydi hyn. Roeddat ti'n digwydd cerdded i lawr y stryd ym Mangor pan welist ti ddyn yn ymosod ar hen wraig. Mi wnest ti ymyrryd a dyna sut cest ti dy leinio. Cytuno?'

'Mm.'

'Tria gadw dy ben i lawr. A dwi'n gobeithio, er dy fwyn di, fod gen ti esboniad diniwed am hyn. Nid 'mod i isio'i glywed o, chwaith. Hwyl.'

Bu Emyr yn cysgodi yn y mans am bron i wythnos. Aeth i'r archfarchnad unwaith, a cherdded o'i chwmpas yn boenus o ymwybodol o'r clais anferth ar ochr ei wyneb a'r plastar ar ei dalcen. Daeth ambell un ato i ofyn sut olwg oedd ar y llall a'i longyfarch am ei wrhydri, ond gwell gan y mwyafrif o'r siopwyr oedd piffian arno y tu ôl i'w dwylo a gwenu'n sydyn gan gadw'u llygaid ar eu trolis.

Roedd o'n dal i deimlo'n bur sigledig, felly ar ôl cael ei nwyddau aeth yn syth am adre. Roedd ganddo gur yn ei ben ac roedd o'n dyheu am gael siarad eto efo Rhian; wyddai o ddim sut i gysylltu â hi. Edrychodd yn nhaflen yr henaduriaeth; doedd ei henw ddim yno eto.

Ychydig nosweithiau'n ddiweddarach, roedd arno ffansi cyrri – *korma*, wrth reswm. Chwiliodd yn ei ffôn am rif Radhunis, a dyna lle roedd enw Rhian – dan Radhunis yn y rhestr. Fe'i ffoniodd yn syth.

'Be s'an ti'n cymryd cyhyd i'n ffonio i?'

'Wyddwn i ddim bod y rhif gen i.'

'Mi ddwedais i wrthat ti.'

'Ella 'mod i 'di taro 'mhen ne rwbath.'

'Bosib. Sut wyt ti?'

'Ga' i ddiolch i ti ryw ben?'

'Cei.'

'Pryd?'

'Dydd Sadwrn?'

'Iawn.'

Efallai nad yr amgueddfa leol oedd y lle gorau i fynd â hi am ddêt. Er hynny, roedd eu tawelwch yn gysurus, ac roedd hi'n cymryd arni fod ganddi ddiddordeb yn y trincets dinod a oedd i'w gweld yno.

Doedd Emyr ddim wedi meddwl y byddai arni isio cinio efo fo, ond doedd ar yr un o'r ddau eisiau gwahanu. Erbyn y pnawn, pan fuon nhw'n moduro'n hamddenol o gwmpas Môn, gan stopio am ambell baned, roedden nhw'n dechrau chwerthin ar yr un pethau, yn gorffen brawddegau'i gilydd. Gan fod Emyr yn teimlo'n flinedig, i'r mans yr aethon nhw am eu swper – helpu'i gilydd i wneud sbageti bolonês.

'Sut landiaist ti'n dy swydd?' gofynnodd iddi wrth dorri nionod; roedd o'n teimlo'n ddigon hy arni erbyn hynny.

'Hap a damwain. Ar ôl i mi adael yr ysgol ro'n i'n

ysgrifenyddes yn y lladd-dy tan i hwnnw gau; roedd hynny'n sioc . . . mi welis i hysbyseb yn y papur; yr un swydd, i bob pwrpas, am ddwywaith y cyflog. Ges i sioc pan ffendiais i be oedd y lle, ond doedd arna i ddim isio bod allan o waith. Roedden nhw'n bobl resymol, felly doedd gen i'm rheswm dros wrthod y job.'

'Dim chwilfrydedd? Awydd i mestyn d'orwelion?'

'Rhywfaint.'

Erbyn i'r swper fod yn barod, roedd eu sgwrs mor naturiol ag anadlu. Roedd hi wedi cymryd gwydraid bach o win er bod y car ganddi.

'Pam est ti'n weinidog, 'ta?'

'Ro'n i'n un da am ddeud f'adnod, stalwm. Doedd petha ddim yn dda rhwng Mam a Dad; roedden nhw'n yfad. Fuodd Nain farw a hi oedd yr unig beth solat a neis yn 'y mywyd i. Roedd Nain yn ddynas capal . . . roedd modrybedd yr ysgol Sul wrth eu bodda hefo fi, yn fy swcro i . . . wnes i ddim yn grêt yn y coleg ond roedd gen i ormod o ofn plant i fynd i ddysgu . . . dwi'n licio bara brith a phaneidia a bod yn glust i wrando . . .'

A llithrodd y noson heibio; gwyliodd y ddau *Noson Lawen* yn glòs yn ei gilydd ar y soffa fawr. Am ddeg, edrychodd Emyr ar ei oriawr. Adre roedd o'n pregethu'r bore wedyn.

'Coffi?'

'Pam mae pobl yn yfed coffi amser gwely? Caffîn a chwsg yn elynion.'

'Dy gadw di'n effro ar y ffordd adre.'

'Be taswn i ddim yn mynd adre?'

'Croeso i ti beidio.'

Roedd ei chusan yn wefreiddiol o real.

Fore Sul, rowliodd y ddau o gwsg melys i goflaid ei gilydd a charu'n flêr a llawen cyn gorwedd yn gynnes yn y cynfasau.

'Waw. Jyst waw.'

'Doeddat ti'm yn disgwl mwynhau dy hun?'

'Na, o'n ... dwn i'm. Rhian?'

'Be?'

Sws iddi.

'Ti'n anhygoel.'

'Ti'n clywad rhyw betha, wsti, wrth weithio mewn lle fel'na. Rhyw syniada. Sgen i fawr o brofiad ond ti'n pigo tips gan y genod.'

'Naci, yr hulpan. Ddim yn anhygoel fel'na. Yn gyffredinol. Ti fel angyles. Seren syw.'

'Taw â dy lol a rho sws i mi.'

Roedd hi'n hanner awr 'di naw yn barod, felly doedd dim amser iddi fynd yn ôl i Gwm-bach erbyn oedfa Tabor.

'Mi arhosa i'n fama ac wedyn mi wna i ginio i ti.'

'Pam na ddoi di i'r capel?'

'Efo ti? Be ddwedith pobl?'

'Gei di aros yn y car a dod i mewn ar f'ôl i os lici di.'

'Ella mai dyna fasa ora.'

Gwisgodd ei siwt yn sydyn a nôl nodiadau'i bregeth; twtiodd hithau'i gwallt ac fe aeth y ddau ohonyn nhw i'r car. Parciodd Emyr rownd y gornel o'r capel, a rhoi goriad y car iddi. Aeth yntau am y capel. Hanner ffordd yno, trodd ar ei sawdl a mynd yn ôl i'r car; agorodd ddrws y pasinjar. Gafaelodd yn ei llaw.

'Ty'd.'

'Ond . . .'

'Ty'd efo mi.'

Ollyngodd o mo'i llaw nes cyrraedd drws y capel. Fu ei galon erioed mor ysgafn ar fore Sul; cyfarchai bawb yn llawen, wedi anghofio am olion y colbiad ar ei wyneb.

Pan welodd Rhian, pesychodd Trebor. Edrychodd i fyw llygaid Emyr, ac yna'n ôl ar Rhian, mewn gormod o sioc i siarad.

'Mi fydd ar Miss Davies angen benthyg llyfr emynau,' meddai Emyr.

Ar ôl yr oedfa, cydiodd Trebor yn ei fraich.

'Oes gynnon ni broblem, Emyr?'

'Ddim hyd y gwn i – pam?'

'Mae dy lodes ifanc di'n edrych yn gyfarwydd.'

'Mae hi'n weithgar iawn yn yr henaduriaeth.'

'Felly.'

'Dwi'n siŵr na fasach chi wedi'i gweld hi mewn unrhyw gyd-destun arall, Trebor. Bore da.'

Paciodd hi'r bagiau – rheseidiau plaen o'i dronsiau a'i sanau unlliw – tra oedd o'n argraffu manylion y gwesty a Chynllunydd Taith yr AA. Dim ond i Landudno roedden nhw'n mynd, ond roedd hi'n well bod yn saff. Ac i ffwrdd â nhw: yr A55 yn heulog ei rhyddid a'r car bach yn mynd ag asgwrn yn ei geg.

Roedd eu stafell – yn y gwesty crandiaf ar y prom – yn plesio'n iawn. Helpodd y ddau eu hunain i baned a bisged o'r trê a adawyd mewn drôr, cyn cusanu'n hir a melys.

Ar ôl bwyta pawiad o jips yn hamddenol ar y prom, aethant am dro ar y pier. Heriodd hi i drio ennill sgodyn aur: daliodd hithau'r hwyaden heb drafferth, a chael sgodyn mewn bag am ei thrafferth. Prynodd gandi-fflos iddi, ac oedi am funud wrth y rhelins i edrych am Benygogarth a'r melinau gwynt. Trodd ei wyneb yn ôl a chael clewt ar ei foch gan ddyrnaid o'r candi-fflos a ddaliai Rhian yn ei llaw. Gwgodd Emyr am eiliad; yna chwerthin; trodd Rhian ar ei sawdl a rhedeg; rhedodd yntau ar ei hôl. Doedd o ddim wedi rhedeg ers blynyddoedd, a doedd cadw bag y sgodyn aur yn saff ddim yn hawdd. Gallai ddal ei choesau byr heb drafferth, ond gadawodd iddi redeg: rhedodd hithau'r holl ffordd oddi ar y prom at y traeth cyn iddo'i dal a'i chofleidio.

'Be wnawn ni – awn ni i mewn?'

Tynnodd y ddau eu sgidiau a'u sanau; rhowliodd ei drowsus at ei bengliniau.

Ac wrth iddo deimlo'r tywod yn gadarn dan ei draed, a'r môr yn anwesu blew ei goesau, rhoddodd ei fraich yn daclus am sgwyddau Rhian: teimlodd yr haul yn treiddio i bob cornel o'i enaid llwyd, a gwasgu'i chorff bach annwyl, meddal yn rhan ohono'i hun.

Daeth ton o nunlle a gwlychu trowsus Emyr a godre ei sgert hithau. Ond doedd o'n poeni dim.

Adref yn y mans, yr wythnos wedyn, deffrodd â gwên ar ei wyneb. Rhoddodd sws i Rhian ar ei thalcen a gadael iddi gysgu.

'Dwi'n mynd i'r cartra i ymweld,' sibrydodd. Mwmiodd hithau ffarwél.

Pan gyrhaeddodd, sylwodd fod y nyrsys yn edrych yn wahanol arno – rhai'n crechwenu, rhai'n sbio i lawr eu trwynau, rhai'n edmygus. Anwybyddodd nhw – roedd o'n siŵr mai dychmygu'r cwbl oedd o. Be wydden nhw heblaw bod ganddo gariad? Aeth yn syth at gadair Mary Ellis. Roedd hi'r fenyw glenia'n fyw ac yn olau iawn yn ei Beibl. Bob tro y gwelai hi fo'n cyrraedd, roedd hi'n cyffroi drwyddi: gallai sgwrsio â hi'n rhwydd am hanner awr a mwy. Ond heddiw, trodd ei hwyneb i ffwrdd pan eisteddodd ar stôl wrth ei hymyl.

'Sut ydach chi heddiw, Mrs Ellis?' Dim ond anadliad gafodd o'n ateb. 'Mae'n fore go braf.' Dim byd. Edrychodd Mrs Ellis ar ei horiawr. 'Mi fûm ar fy ngwylia'r wythnos dwytha. Llandudno,' mentrodd Emyr.

'Efo pwy?'

'Efo ffrind.' Grwgnachodd Mrs Ellis, a mwmial. 'Mae'n ddrwg gen i: ddalltis i mo hynna.'

'Jesebel, medda fi.'

Tagodd Emyr. Sut yn y byd gwyddai Mary? Rhaid bod yr hanes ar led. Teimlodd ei wddw'n llenwi â phanig.

'Dwi ddim yn meddwl bod hynna'n deg,' ceisiodd Emyr ddweud.

'Gwrandwch, Mr Jackson,' meddai'r hen wraig, a gwasgu'i law. 'Rydach chi'n hen hogyn iawn. Ond mae'r sarff yn gyfrwys. Mae hi'n cuddio yn y gwellt. Rydach chi wedi'ch brathu ac mae hi'n gwingo'i ffordd am eich gwddw chi. Gochelwch.'

Roedd arno hanner isio crio a hanner isio rhegi ar y ddynes.

Symudodd Emyr ei llaw heb ddweud gair. Cododd o'i

114

gadair a mynd oddi yno ar ei union. Eisteddodd yn y car yn syllu ar y glaw'n curo tarmac y maes parcio.

Doedd Rhian ddim yn ymddangos fel sarff. Roedd hi'n debycach i golomen, yn landio'n oleuni a thangnefedd yn ei enaid blêr a thywyll.

Ond pam na allai ddweud hynny wrth Mary Ellis?

Roedd Emyr yn dal yn ei drôns pan ganodd cloch y drws. Roedd Rhian yn y gawod. Daeth cnoc wedyn. Tynnodd drowsus amdano a mynd i'w ateb.

Yn y drws safai Trebor, a thri blaenor hŷn y tu ôl iddo. Ddwedon nhw'r un gair wrth ddod i mewn.

Safodd y pedwar yn ei barlwr. Gwrthododd Trebor y soffa a gynigiwyd iddo.

'Mae'n neges ni'n syml ac yn fyr, Emyr. Mae dy antics di'n dwyn anfri ar yr ofalaeth ac rydan ni'n awyddus iti ystyried dy sefyllfa.'

'Sut, felly?'

Anadlodd y tri hen flaenor yn siarp.

'Mi wyddost ti'n iawn. Mynd at buteiniaid.'

'Fatha dy fod di'n ddilychwin, Trebor.' Camodd Emyr yn syth i'w wyneb.

'Croeso i ti wneud cyhuddiad os wyt ti'n credu y gelli di ei amddiffyn o yn y llys.'

'Be wnewch chi o hyn?' gofynnodd Emyr i'r tri blaenor arall. Edrychodd y rheiny ar eu traed. 'Be fasa Iesu Grist yn ei feddwl?'

'Lol. Mi fedri di brofi rwbath wrth sbïo yn y blydi Beibil,' poerodd Trebor. 'Tasan ni isio esboniad diwinyddol o'r sefyllfa, 'san ni 'di dod â Tony efo ni.'

115

'Roedd Iesu'n foi am y gwrthodedigion. Y gwahan-glwyfus, y casglwyr trethi: pobl roedd cymdeithas yn eu styried yn aflan, yn esgymun.'

'O, Iesu Grist wyt ti, ia?'

'Be ddaru fo efo'r puteiniaid?' heriodd Emyr. 'Gadael iddyn nhw olchi'i draed o, achub godinebwraig rhag ei llabyddio. Wrthododd o mo Mair Magdalen er bod honno'n hŵr.'

'Ond doedd o ddim yn sarnu swydd gweinidog wrth wneud hynny.'

'Dydw i ddim yn rhagrithiwr, Trebor. Ella 'mod i'n troi ymysg esgymun, pobl aflan, ond dwi'm yn honni 'mod i'n well na'r hwrod.'

Roedd Eliseus Owen yn nodio mewn ffordd ryfedd. Trodd Emyr, a gweld Rhian yn y drws, â thegell yn ei llaw a dagrau blin yn llifo gyda'r diferion o'i gwallt.

Roedd Rhian wedi clywed y sgwrs i gyd – deallodd Emyr cymaint â hynny wrth iddi fartsio i'w char a thanio'r injan. Roedd Jag Trebor yn rhwystro'i ffordd, felly cafodd Emyr funud i ymbil yn ofer arni drwy'r ffenest. Sbiodd hi ddim arno: dim ond syllu ar y llyw tra oedd Trebor yn bacio'i gar o'r dreif. Refiodd wedyn a, heb edrych arno, fe geisiodd fanwfro'i char bychan oddi yno. Doedd hi ddim yn giamstar ar rifyrsio. Felly aeth Emyr, a'i stumog yn cloi, at byst y giât i'w chyfarwyddo er nad oedd am ei gweld yn mynd. Chwifiodd ei ddwylo i'w helpu, er y byddai'n well ganddo fod wedi agor drws ei char a'i chusanu a'i chofleidio a'i hatal rhag mynd. Ond mynd wnaeth hi.

Aeth Emyr i mewn i'r tŷ a mynd i'w wely. Clywai ei hoglau arno.

Y diwrnod wedyn, agorodd y wardrob, a gweld ei dillad hithau gyda'i rai diflas o: ei siwmperi plaen, ei drowsusau call, y rhes o ddeg crys gwyn yn hongian. Aeth am fath a thrio boddi, ond doedd o ddim yn hoffi'r teimlad.

Ar ôl wythnos o edrych ar y nenfwd a bwyta dim ond uwd, roedd o'n dal heb glywed ganddi. Triodd fynd am dro ambell waith, ond roedd arno ofn gadael y tŷ.

Deialodd ei rhif, yn barod i ymbil arni, i roi ei galon ar blât iddi.

'Helô?'

'Rhian,' meddai gan dagu.

'Mi frifist ti fi.'

Doedd ganddo ddim ateb i hynny. Gollyngodd y ffôn.

Canodd y ffôn ddau funud wedyn. Fe'i hatebodd yn syth.

Ond nid Rhian oedd yno; llais Eliseus Owen yn sibrwd.

'Dim ond isio dweud wrthat ti nad ydi pawb ohonon ni'n gweld petha mor ddu a gwyn â Trebor Twrna. Rwyt ti'n annwyl iawn gynnon ni, ac mae gen ti galon dda: dydi pechod ddim yn beth syml, 'ngwas i.'

'Meindiwch eich busnas,' meddai Emyr, heb ddigon o ots ganddo i ddigio na difaru.

Roedd o ym Mryn Meirion erbyn hanner awr 'di chwech: chysgodd o ddim. Roedd wedi cael wisgi tua dau, felly efallai na ddylai fod wedi gyrru. Roedd y bore'n niwl tywyll wrth iddo fynd i'r stafell newyddion ar gyfer *Munud i Feddwl*. Rhuthrai'r ymchwilwyr a'r cynhyrchwyr o'i gwmpas, gan chwifio papurau a gweiddi'r datblygiadau diweddaraf ar ei gilydd. Cynigiodd rhywun baned iddo; gwrthododd, er bod ei geg yn sych. Fe'i sodrwyd yn y stiwdio tra oedd y cyflwynydd yn gorffen cyf-weld rhywun am grantiau amaeth.

'Bore da,' meddai'r cyflwynydd yn ystod yr eitem, gan ddrachtio coffi. 'Be sgynnoch chi i ni bore 'ma – sôn am waredigaeth am ein pechodau drwy waed aberth yr Arglwydd ar y groes?'

'Wel, nage,' gwenodd Emyr yn swil.

'Na, do'n i'm yn meddwl. Dydi gweinidogion byth yn sôn am hynny ar y rhaglen 'ma. Pam, dwch?'

A gyda hynny, gwthiodd nob a dechrau cyflwyno Emyr. Sylweddolodd Emyr ei fod yn crynu. Ceisiodd sadio'i bapur ar y ddesg. Cyneuodd y cyflwynydd ei feicroffon.

Plygodd Emyr ei bapur.

Aeth ei geg yn sychach.

Dechreuodd falu awyr. Fe'i cafodd ei hun yn sôn am beiriannau hunanwasanaeth, sêls, risîts ac ati. Fyddai neb yn sylwi. Cododd y cyflwynydd ael arno.

'Be dwi'n trio'i ddweud ydi . . . gras. Maddeuant heb hawl. Heb ei haeddu. Rhywun yn sbio ar eich bil chi ac yn mynd . . . na. Mae arnat ti ddyled i mi, dyled na fedri di byth mo'i thalu: anghofia hi, dwi'n ei dileu hi. Plis. Chwilia . . . chwiliwch yn eich calon am ras. Ffeindia . . . wch drugaredd anhaeddiannol.'

Torrodd y cyflwynydd ar ei draws. Dyna pryd y sylwodd Emyr ei fod yn beichio crio.

Ar ei ffordd adre, aeth heibio'r tŷ yn y stryd gefn. Doedd neb o gwmpas, dim ond biniau'n disgwyl eu casglu. Sgytlodd llgoden fawr o un bag du i'r llall ar draws y lôn o'i flaen.

Daeth yr emyn cyntaf i derfyn diurddas; caeodd Emyr ei lyfr emynau cyn y llinell olaf (roedd cynulleidfaoedd yn hoffi gweld ei fod yn gwybod y geiriau); paratôdd am y darlleniad a'r weddi. Edrychodd ar ei flaenoriaid, gan deimlo bod ei bulpud fel cawell mewn tanc o siarcod. Roedden nhw'n syllu arno â llygaid oer. Wnâi o ddim ymateb.

Cododd ei ben yn sydyn pan glywodd y drws yn clepian yng nghefn y capel. Gan ymddiheuro i'r chwiorydd o'i chylch a gafael ym mhlygion ei chôt, ceisiodd Rhian sleifio i sêt. Er bod pobl yn dechrau pesychu arno, allai Emyr ddweud dim byd, dim hyd yn oed 'Gweddïwn'. Ar ôl dal llygad Rhian doedd fiw iddo dorri'r cysylltiad. Hyd capel i ffwrdd, allai o ddim dallt beth oedd ei llygaid yn ei ddweud – ai her, ymddiheuriad, maddeuant 'ta dicter oedd ynddyn nhw?

Dim ots. Penderfynodd. Pesychodd.

'Cyn cychwyn,' meddai, gan edrych ar ei draed, 'mae gen i rywbeth i'w ddweud.'

Llanwodd y blaenoriaid eu hysgyfaint fel un, a dinoethi'u dannedd. Fyddai o'n ymddiswyddo?

'Ac ar ôl imi'i ddweud o, mae gynnoch chi oll ddau ddewis. Mi fedrwch chi 'nhaflu i o'ma – fy niswyddo i. Neu mi fedrwch chi dderbyn y peth a chydlawenhau â mi. Oherwydd yn y lle mwyaf annisgwyl, ar yr amser mwyaf annisgwyl, fe hysgwydwyd jig-so 'mywyd i ac, yn wyrthiol ond nid heb gryn boen, fe syrthiodd pob darn i'w briod le.'

Gan deimlo'i fod wedi ymestyn ei ddelwedd hyd angau, camodd oddi wrth y Beibl mawr, i lawr y steps o'i bulpud, gan syllu i lygaid cynddeiriog Trebor wrth fynd. Cerddodd drwy'i gynulleidfa, ac edrych i'w llygaid hwythau: llygaid di-ddallt, llygaid blin, llygaid dagreuol – y cwbl. Cerddodd heb ddweud gair o'i ben nes daeth at y sedd lle roedd Rhian wedi'i gwasgu'i hun yn belen fel draenog yn ei chôt.

Gafaelodd yn ei llaw. Plygodd.

Gofynnodd ei gwestiwn yn weddi iddi.

A'r lleiaf o'r rhai hyn

Cyfle i fynd yn ôl oedd o, tasa dim ond am ddeuddydd, ac roedd Elaine wedi dyheu am hynny ers blynyddoedd bellach heb ddweud gair wrth neb, yn enwedig wrth Catrin Huws. Bytheirio fyddai ymateb yr hen wraig wedi bod, storm o eiriau cyn dechrau edliw ei gofal ohoni cyhyd, ac fe fyddai hynny wedi brifo'r ddwy fel ei gilydd. Roedd arni ofn codi ambell hen grachen o'r gorffennol hefyd, er na wyddai'r hen wraig fawr ddim am hwnnw, dim ond beth roedd tad Elaine wedi'i ddweud wrthi, a fu hwnnw erioed yn un i ddweud y cyfiawn wir wrth neb. Nid bod Elaine yn ei feio, wedi'r cyfan roedd hanner y gwir weithiau'n brifo llai ac yn gwneud bywyd yn llawer haws.

Dim ond rhywun â hiwmor Lerpwl fyddai wedi meiddio enwi'r stryd yn Gem Street. Stribed o dai unffurf yn ymestyn o'r gornel lle roedd tafarn y Magpie and Stump yn cynnig cysur i'r gymdogaeth leol, hyd at dafarn arall ar waelod isaf y stryd, lle roedd llwybr bach cul yn arwain at yr hances boced o barc hirsgwar llwyd a diflodau. Doedd y dafarn honno ddim yn un a groesawai ferched, er mai Holly Arms yr oedd yr arwydd neon coch yn ei ddweud uwchben y drws. Y dafarn honno oedd ail gartref ei thad. Ond os mai llymeitian oedd gwendid ei thad, yna crefydd oedd gwendid neu gryfder ei mam, a Neuadd y Citadel oedd canolbwynt ei bywyd o leiaf ddwywaith yr wythnos, ac o leiaf deirgwaith ar achlysuron arbennig fel y Pasg a'r Nadolig. Rhywle rhwng y dafarn a'r neuadd roedd llwybr y gwahanu wedi cychwyn, a gadael Elaine yn y canol, bron yn un ar bymtheg oed bregus a dihyder.

Perthynas o bell i Catrin Huws oedd ei thad, hen linach wedi gadael cynefin a throi am Lerpwl i gael sicrach ceiniog er mwyn ceisio cael dau ben llinyn ychydig yn nes at ei gilydd. Trodd blwyddyn yn genhedlaeth newydd ac aros am oes wrth i'r gwreiddiau newydd gydio'n dynn, yn wahanol i'r iaith. Ond wnaeth Elaine erioed feddwl am adael nes i'r noson oer honno ar ddechrau Medi ei gorfodi. Roedd hi wedi arfer clywed sawl ffrae rhwng ei rhieni, geiriau'n cael eu taflu, lleisiau'n codi a chlep ar ambell ddrws, ac yna'r tawelwch digyfaddawd yn parhau am ddyddiau a hithau'n dweud dim. Y tawelwch hwnnw oedd yn codi ofn bob tro, ond y noson honno fe feiddiodd ymyrryd. Rhuthrodd i'r ystafell fyw a gweld ei mam yn penlinio ger y gadair freichiau a'i thad yn cydio yn ei gwallt tenau, ei wyneb yn rhuddgoch ac aroglau'r ddiod yn gryf ar ei anadl wrth iddi fentro rhegi'r ddau. Fu yna ddim cymodi wedyn, dim ond esgusodion gwael a'r gwahanu mor amlwg â'r cleisiau.

Wnaeth hi erioed anghofio'r gadael na'r cyrraedd, na llwyddo i benderfynu pa un oedd waethaf. Cofio'i mam yn eiddil a thenau yn sefyllian ar garreg y drws am eiliad neu ddau wrth i'w thad gario'r bagiau i'r tacsi, ac yna clep galed y drysau cyn i unigrwydd y sêt gefn gau amdani. Roedd aroglau teithiau ddoe ar ledr ei sedd a gweddillion sigarét yn y blwch o'i blaen, ac yna grwndi sgwrs ei thad a'r gyrrwr yn treiddio'n achlysurol trwy'r gwydr o'i blaen. Prin iawn fu'r sgwrs rhwng ei thad a hithau ar y trên, dim ond sôn am gyfle i bawb ailddechrau, cyfnod newydd a dyfodol a dadwrdd y cledrau yn gytgan i'r cyfan. Ond roedd hi'n dal i gofio'r niwl yn powlio i mewn o'r môr wrth iddynt gyrraedd Llain Foel, niwl meddal, gwyn, fel y siwmper wen oedd ganddi ers talwm, a hithau wedi meddwl erioed mai melyn oedd lliw niwl i fod. Niwl felly oedd o gwmpas y gamlas yng ngwaelod Gem Street, ei aroglau'n sur yn ei ffroenau, ac yn gadael cylchoedd duon o gylch ei llygaid a'i chlustiau. Ychydig o flas halen oedd ar y niwl yma, yn pigo mymryn ar ei llygaid, neu efallai mai deigryn neu ddau oedd yno, er na wnâi gyfaddef hynny wrth neb.

Trwyn mawr a newydd gael *perm* oedd ei hatgofion cyntaf o Catrin Huws, a chroeso digon llugoer oedd o hefyd, er i hynny newid yn llwyr yn ystod y blynyddoedd, a doedd neb yn edrych arni fel 'person dŵad', yn enwedig a hithau wedi dysgu'r iaith mor drylwyr. 'Biti na fasa pawb 'run fath â chdi,' roedd Catrin Huws wedi'i ddweud wrthi unwaith, ac roedd hynny wedi plesio Elaine, er na wnaeth hi ddweud ei bod wrth ei bodd gyda'r gair 'Diawl'. Cael ei gadael yn y parlwr bach wnaeth hi'r pnawn hwnnw, aroglau hen lyfrau, llestri a phatrwm blodau arnynt, a darlun o dirlun golau mewn ffrâm drom uwchben y lle tân a 'Home, Sweet Home' wedi'i wniö'n gain ar ddarn o frethyn mewn ffrâm lai wrth ochr y ffenestr. Ond roedd y llenni wedi'u cau yn dynn fel na allai hi weld allan. Ar y bwrdd bach yn y gornel roedd swp o rosynnau a'u petalau fel cochni briw, a meiddiodd hithau godi o'r gadair yn ddistaw a phlygu drostynt, ond doedd dim aroglau arnynt. Roedd swn siarad uchel i'w glywed o'r cefn, a cherddodd yn araf at y drws a'i gilagor.

'You didn't expect her to be called Blodwen, did you?'

'Perhaps we could change it.'

'Not on your life, woman. She's Elaine. Nowt else.'

Roedd deng mlynedd ers hynny, a modrwy Gareth yn sglein ar ei llaw, ond heddiw roedd Elaine yn mynd yn ôl.

Merched y neuadd oedd wedi trefnu'r cyfan, y Nadolig yn nesáu a chyfle i siopio yn Lerpwl yn lle tin-droi ar hyd strydoedd cul y dre a'r dynion yn gynffon anfodlon o'r tu ôl. Merched yn unig oedd y drefn, ac roedd sawl celc wedi bod yn casglu'n araf mewn cypyrddau ers misoedd.

'W't ti am ddŵad, dwyt?' meddai Bethan wrthi ar y ffordd adref. 'Mi fydd yn gyfla iti gal cip ar yr hen le er bydd o wedi newid fel bobman arall ma' siŵr.' Sôn wrth Gareth wnaeth Elaine a hwnnw'n bodloni'n syth fel arfer, ac wrth fod Catrin Huws mewn cartref ers dwy flynedd doedd dim yn ei rhwystro rhag mynd, dim ond iddi ddweud wrth yr hen wraig er mwyn ei bodloni a chadw'r ddesgil yn wastad. Synnu o glywed am ei bwriad wnaeth Catrin Huws a phlethu ei dwylo mawr fel y gwnâi bob amser pan fyddai rhywbeth yn ei phoeni, ac fe sylwodd Elaine bod rhychau'r henaint wedi dyfnhau ar y dwylo y bore hwnnw.

'Bethan sy wedi gofyn imi fynd.'

'A beth sgin Bethan i'w ddeud wrth Lerpwl, tybed?'

'Dim, am wn i, dim ond awydd siopio 'chydig a chael mymryn o newid.'

'Ddaw hi hefo ti, tybad? I'r hen le 'na, dwi'n feddwl.'

'Dim ond ca'l cip wna i.'

'Ma' cip ar amball beth yn ormod. Cofia ma' i fama rwyt ti'n perthyn rŵan, a ddim i Lerpwl.'

Doedd Catrin Huws erioed wedi siarad fel hyn o'r blaen, ac yn ystod y deunaw mlynedd oedd wedi mynd heibio ers iddi gyrraedd yno, prin bod Elaine wedi hiraethu llawer. Dim ond ambell dro pan oedd gwynt oer yn chwythu dros y Foel, neb ond Catrin a hithau o gwmpas a geiriau'n brin. Ar adegau felly fe fyddai'n cofio am Gem Street, y golau melyn, cynnes ar lampau'r stryd, sŵn chwerthin wrth i'r tafarnau gau, a hyd yn oed pan fyddai'r glaw yn drwm fe fyddai'r goleuadau fel enfys wedi chwalu yn rhedeg i'r gwteri. Cau'r llenni'n chwap wnâi Catrin bob tro y byddai'r dydd yn dechrau byrhau, neu'r glaw yn curo'n drwm ar y gwydr, ond roedd Elaine wrth ei bodd pan fyddai storm yn dechrau crynhoi a mellt yn fflachiadau rhwng y Foel a'r môr. Wnaeth hi erioed deimlo'n ofnus ar adegau felly.

Fe fyddai'n colli cwmni Gareth ar fore Sadwrn wrth iddi gychwyn am Lerpwl, er na wnaeth o gwyno o gwbl pan ddywedodd hi wrtho am ei bwriad. Roedd bodlonrwydd Gareth yn ei phlesio, yr agosatrwydd nad oedd hi erioed wedi'i deimlo yng nghwmni neb arall, ac roedd Catrin Huws wrth ei bodd pan glywodd hi am y dyweddïad, yn enwedig gan nad oedd ganddi berthnasau eraill yn unman.

'Chdi geith yr hen le 'ma, sti.' Dyna oedd hi wedi'i ddweud wrth Elaine y noson cafodd hi weld y fodrwy, a phrin y gallai Gareth guddio ei hapusrwydd yntau pan ddywedodd Elaine wrtho. Dyna'r noson roedd hi wedi ildio'n llwyr i'w chariad a'i awydd, er na wnaeth hi gyfaddef hynny wrth neb.

Bore Sadwrn llwyd, y môr yn aflonydd a sŵn y tonnau'n

llepian ar y traeth wrth iddi agor y ffenestr yn gynharach na'r arfer. Roedd niwl ddoe wedi diflannu, gwylanod yn pendilio 'nôl a blaen rhwng y tir a'r traeth a phentwr o ddail wedi casglu dan y goeden yn yr ardd gefn. Pethau prin oedd dail yn Gem Sreet, dim ond ychydig yn y parc bach, a doedd fawr o liw arnynt yn y fan honno, ond bob hydref fe fyddai'r dail o gwmpas Llain Foel yn sbectrwm o liwiau, a rhai bron yr un lliw coch â'i gwallt hi. Roedd hi'n cofio hel pentwr o rai coch felly unwaith a'u cadw rhwng tudalennau ei hoff lyfr nes iddynt freuo'n batrymau yno. Pethau felly oedd breuddwydion, meddai Catrin Huws, pethau oedd yn aros rhwng tudalennau'r blynyddoedd ac yna'n marw, ond wnaeth hi erioed sôn am freuddwydion wedyn.

Rhuthro'i brecwast wnaeth hi, tafell denau neu ddwy a mêl grug yn dew arnynt. Gareth oedd wedi meithrin ei chariad at fêl, wedi dod â pheth iddi pan gafodd hi bwl o annwyd trwm, ac wrth iddi wella roedd o wedi rhwbio'r mêl ar ei gwefusau a'i chusanu'n hir a'r mêl yn toddi'n araf yng ngwefr y gusan. Wnaeth hi erioed anghofio'r gusan honno.

Roedd Bethan yn brydlon fel arfer, grwndi ei char i'w glywed wrth iddi droi o flaen y tŷ a'r cerrig mân yn crafu, ei gwên yn llenwi'r bore, a'i sgert yn fwy cwta na'r arfer. Ffroth o hogan oedd hi, un eiliad yn ferw gwyllt, ac yna'i byd yn ddim ond bwrn a methiant, ond yn gyfeilles wych ac yn galon i gyd. Roedd y bws yn llawn chwerthin a chân ar y ffordd i Lerpwl, dadwrdd mwynhad a rhywfaint o ollyngdod ar ambell wyneb fel pe bai'n falch o gael gadael a throi cefn am ychydig, ac fe wyddai Elaine yn iawn am broblem ambell un. Ond diwrnod i guddio cleisiau oedd hwn. Roedd Bethan ar ei gorau, ei chwerthiniad yn uchel a'i sgwrs yn fân ac yn fuan.

'Gwranda, oes isio imi ddŵad hefo ti i . . . ?

'Nag oes,' a hynny cyn i Bethan gael y cyfle i orffen ei chwestiwn. 'Mi fasa'n well gin i fynd fy hun.'

'Mi faswn i'n lecio gweld lle roeddat ti'n byw.'

Nid nad oedd hi'n falch o gwmni a chonsýrn Bethan, ond doedd hi ddim angen cwmni i fynd yn ôl i Gem Street am mai dim ond hi oedd yn perthyn i'r lle. Weithiau roedd 'perthyn' yn rhy bersonol i'w rannu hyd yn oed â ffrind gorau.

'Wela i di yn y gwesty gyda'r nos. Iawn? Paid â meddwl mod i'n gwrthod ond . . .'

'Dim ond amdani, dwi'n deall yn iawn, a dy ddoe di ydi o.' Ond roedd y siom yn amlwg ar ei hwyneb hefyd, a fu dim sôn am y peth wedyn yn ystod y daith.

Gwesty moethus oedd o, tawelwch uwchben dadwrdd y ddinas a phrysurdeb strydoedd, a'r mynd a'r dod mor wahanol i dawelwch ystafelloedd Llain Foel. Er bod y Nadolig dros fis i ffwrdd, roedd ei gyffro yn llenwi pob ffenestr, yr addurniadau yn stremp o liwiau, a'r dail plastig yn sglein i gyd. Lluchiodd Bethan ei bag ar y gwely a throi'r radio ymlaen a daeth acenion caled Radio Merseyside i lenwi'r ystafell. Prin y sylwodd hi ar wên sydyn Elaine. Doedd Elaine erioed wedi rhannu ystafell gyda neb o'r blaen, a gadawodd i Bethan ddewis pa wely oedd hi am ei gymryd, a theimlo'n fodlon wrth i honno ddewis yr un pellaf o'r ffenestr. Safodd wrth y ffenestr fawr a theimlo'r perthyn yn dechrau cydio wrth i'r gân a'r prysurdeb ar y stryd ei thynnu, ac er ei bod wedi blino ychydig roedd yr awydd i weld Gem Street yn gryfach.

'Cawod cyn gwneud dim arall,' meddai Bethan a dechrau diosg ei dillad heb gymryd sylw o gwbl.

'Yli, dwi am fynd rŵan imi ga'l amsar yno.'

'Be, mynd heb newid?'

'Fydd neb yn fy nabod i, na fydd? Mi wna i newid heno cyn bwyta.'

'W't ti'n siŵr nad oes . . .?'

'Yn berffaith siŵr,' fel tasa hi ar frys a braidd yn ddiamynedd.

Wedi diddosrwydd yr ystafell, oerni'r stryd wnaeth ei tharo. Lapiodd ei chôt yn dynn amdani a throi i gyfeiriad safle'r bysiau gan deimlo'r prysurdeb yn cau amdani. Fe fyddai'n braf cael Gareth wrth ei hochr, ac am eiliad roedd Llain Foel mor bell, ond buan y diflannodd ei hofnau wrth i acenion y stryd ei denu yn ôl i'r diwrnod. Safodd yn stond wrth weld nad oedd bws yn unman ar y sgwâr bach o'i blaen, dim ond swyddfa ar ôl swyddfa yn dyrau unffurf yn codi i'r awyr lwyd, ac ambell siop fach ffasiynol yn llechu rhyngddynt, heb fawr neb o gwmpas. Bron na fu iddi ofyn am gyfarwyddiadau yn Gymraeg cyn cael hyd i safle smart y bysiau. Chwiliodd am rif 27 a chael dau neu dri yn sefyllian dan y to plastig heb neb yn yngan gair â'i gilydd, a'u bagiau plastig yn hysbysebion rhad i ambell siop. Roedd rhai o'r enwau'n gyfarwydd fel Argos ac Aldi, ond roedd yno enwau newydd fel Zara, Craghopper ac Animal na wyddai hi fawr ddim amdanynt. 'Gem Street,' meddai hi wrth y gyrrwr canol oed pan ddaeth ei thro, a syllodd hwnnw'n hurt arni wrth iddi wasgu'r ddwy bunt yn ei llaw.

'You what, luv?'

'Gem Street.'

Chwerthin wnaeth o, ond eto chwerthin yn gyfeillgar cyn dweud nad oedd Gem Street yn bodoli bellach ond addo ei rhoi i lawr yn eitha agos.

'Ya'r ardly rechognize it, luv.'

Bron nad oedd ddoe yn bod wrth i'r bws ruthro o un stryd ddieithr i'r llall cyn i'r gyrrwr alw arni ac iddi hithau ddiolch yn swta.

Safodd Elaine yn stond ac edrych o'i chwmpas a'r dieithrwch lond ei llygaid. Roedd y gerddi bach bron â bod yn gymen, er nad oedd gwyrddni'r glaswellt fel gwyrddni llethrau'r Foel, a siglai addurniadau'r Nadolig o lamp i lamp ar draws y stryd gydag ambell goeden fach mewn ffenestr yn barod i groesawu'r hwyr. Llyncodd yr olygfa cyn aros a chroesi'r stryd i gyfeiriad y tai ac eistedd ar y fainc fetel a deimlai'n oer dan ei choesau. Syllodd y dyn croenddu arni wrth iddo frasgamu heibio heb yngan gair a chau drws y tŷ agosaf yn glep. Ymhen ychydig daeth hen wraig eitha' musgrell i lawr y stryd a rhoi hanner gwên iddi, a mentrodd hithau ddechrau sgwrs. Na, doedd Gem Street ddim yn bod bellach, y tai wedi'u dymchwel ers blynydd-oedd ac enwau newydd ar bob stryd, a hithau'n adnabod fawr neb. 'Dim fel yr hen amser,' meddai'r hen wraig mewn acen lawn o hiraeth, ond roedd hi'n fodlon dangos y stryd newydd i Elaine. 'Magpie Bistro' meddai'r enw beiddgar ar y gornel a 'Hope Street' yn amlwg ar wal gyfagos, er i rywun feiddio rhoi'r gair bach 'No' o'i flaen rywdro, ond bod ambell ddiwrnod tamp wedi pylu rhai llythrennau. Diolch wnaeth Elaine, wedi iddi gyfaddef mai yno roedd ei gwreiddiau ac i'r hen wraig ddatgan ei syndod wrth ddweud, 'You don't sound scouse, luv.'

Dim ond gweddillion ei ddoe oedd yno wrth iddi gerdded i lawr y stryd. 'Bingo' meddai'r arwydd uwchben yr adeilad llwyd yn y canol, a'r enw 'Citadel Hall' yn dal yno yn uchel yn y concrit gyda'r mwsog wedi dechrau cydio ynddo a neb yn cofio. Hen eiriau oedd ar fin diflannu, hen emynau yn angof a rhifau newydd yn golygu gobaith a nefoedd wahanol. Dim ond rhifau oedd ar y tai, clwstwr o 1–15 a mwy, a soser Sky fel ploryn du yma ac acw. 'Diawl,' meddai hi dan ei gwynt heb feddwl pam daeth y gair iddi. Ond roedd y parc bach yno a sedd fetel wedi cymryd lle'r sedd bren fyddai yno, ac yn y gornel bellaf roedd ceffyl siglo melyn a choch wedi dechrau colli ei liw a rhwd wedi dechrau cydio yn y metel. Doedd neb o gwmpas ac eisteddodd arno am ychydig a siglo rhwng ddoe a heddiw, a'i phlentyndod yn fyw. I'r fan yma roedd hi wedi dod pan fyddai geiriau'n galed ar yr aelwyd. Yn y fan yma roedd hi wedi chwerthin a chrio, wedi gobeithio ac anobeithio, wedi rhedeg ac eistedd ac aros. Ar yr hen sedd bren fregus honno roedd hi wedi eistedd gyda Skelly, wedi gadael iddo gydio yn ei llaw a theimlo gwefr eu cusan gyntaf, a wnaeth hi ddim meddwl dim am Gareth wrth iddi gofio. Ble roedd Skelly erbyn hyn, tybed? Oedd y llygaid glas hynny wedi torri calon rhywun arall, neu a oedd yntau wedi gadael? Tybed a oedd o'n cofio blas y gusan honno hefyd? Tynnodd ei modrwy am ychydig a'i chadw yn ei bag cyn sylweddoli bod mam ifanc a'i phlentyn yn syllu arni. Cododd oddi ar y ceffyl a gweld y wên ar wyneb y fam cyn cerdded yn gyflym yn ôl i gyfeiriad safle'r bws. Dim ond wrth gyrraedd y gwesty rhoddodd hi'r fodrwy yn ôl ar ei llaw.

'Wel, w't ti'n fodlon rŵan ? Sut oedd yr hen le?'

'Wedi newid.'

'Ddeudis i, do. Welis di rywun oddat ti'n nabod?'

'Neb ond fi fy hun. Mi gymra i gawod rŵan, dwi'n meddwl.'

Ersatz

Syllai'n ddall ar gannoedd o fotymau gwynion llygaid y dydd yn dawnsio'n wyllt yng ngwynt mis Awst. Bron na ddisgwyliai iddynt rwygo'u hunain o'u gwreiddiau a chwyrlïo i fyny fel parasolau bychain a diflannu dros gopaon y Carneddau a thuag at Ynys Môn. Roedd plyg fel llafn rasel yn nhrywsus nefi blw ei siwt *demob* a sgleiniai ei esgidiau newydd fel dau ddrych du o'i flaen. Uwch ei ben yn y glesni clir, cylchai dau foda'n mewian fel cathod. Fel arfer byddai wedi codi ei olygon a dilyn eu ehediad tua'u nythfa yn yr hen goedwig dderi ger glan yr afon. Ond nid heddiw.

'Mae hi wedi mynd. Sori, Tom. A'th hi bore ddoe a gadael y llythyr 'ma ar y bwrdd i ti. Roedd hi wedi hen fynd cyn i dy dad godi i odro. Roedd Robin Gyrrwr yn aros amdani yng ngheg y lôn. I stesion Gonwy yr a'th hi medda Robin. A chodi tocyn i Lunda'n.'

Mae hi wedi mynd. A chyda hi ei obeithion a'i ddyfodol. A'i galon. Bron na allai deimlo'r gwaed yn llifo ohoni gyda phob curiad. Lled-ddisgwyliai weld pwll coch yn cronni wrth ei draed ar y glaswellt. Yn tyfu a thyfu nes bod ei gorff yn sych. Fyddai ddim ots ganddo farw, mewn gwirionedd. Dyheadau dyddiol deunaw mis wedi diflannu fel mwg tân siafins i'r awyr. Agorodd lythyr Josie drachefn a daeth chwa o'i phersawr blodeuog i ganlyn y papur o'r amlen.

Maes Gwyn
Dyffryn Conwy
Awst 1945

Annwyl Tom,

Mae'n ddrwg iawn gen i am hyn ond mae'n rhaid i mi fynd. Wyddost ti ddim pa mor unig rydw i wedi bod wrth aros amdanat ti dros y misoedd diwethaf yma. Bu dy rieni'n ofalus iawn ohonof ac rwyf wedi dod yn ffrindiau mawr efo Meg, dy chwaer, ond ers iddi hi briodi a symud i'r Ffridd at Eleias, ychydig rydw i wedi'i weld arni hithau'n ddiweddar. Rydw i eisiau ysgariad, a hynny ar frys. Dydy o ddim ots gen i gyfaddef i mi fod yn anffyddlon i ti er mwyn dod â'r briodas i ben yn sydyn. Rydw i'n mynd i fyw i bentref bach yn yr Eidal at Ellio ac ymhen chwe mis, mi fydd ein plentyn yn cael ei eni.

Bu raid i mi aros cyhyd amdanat nes i rym fy nghariad bylu, edwino, a marw. Wedi'r cwbl, dim ond dwy ar hugain oed ydw i. Dwi'n rhy ifanc i deimlo fy nghalon yn crebachu fel hen afal y tu mewn i mi, yn disgwyl, disgwyl bob dydd i'r rhyfel ddod i ben i ni fedru ail-wau edafedd ein bywydau i'w gilydd. Mi fyddwn innau hefyd yn holi pam? A ninnau wedi tyngu llw i fod gyda'n gilydd am byth. Ond yn y pen draw, roedd yr ateb yn syml: roedd Ellio yma a thithau ymhell i ffwrdd.

Maddau i mi,

Josie.

Gwasgodd Tom y llythyr a'r amlen yn ffyrnig yn belen galed. Tynnodd focs matsys a phecyn o sigarennau Players o boced ei siaced. Tapiodd un pen i'r sigarét ar y bocs matsys, cwpanu'i law am y fflam a sugno mwg y sigarét yn ddwfn i'w ysgyfaint. Daliodd y belen wen yn erbyn tân y fatsien a dechreuodd y llythyr fudlosgi yn ei law. Tan i chwa o awel ddiffodd y tân. Allai o ddim hyd yn oed llosgi darn o bapur yn iawn, heb sôn am gadw gwraig. Stwffiodd weddillion y llythyr myglyd yn ôl i'w boced.

Mehefin 1942

'Noo Yoke Sitee!' Bytheiriodd Pete wrth ei ochr wrth i'r cwch roedden nhw'n teithio arno basio'r ynys lle teyrnasai delw enfawr Rhyddid a thonnau afon Hudson fawr yn bygwth golchi'r llwyfan y safai arno yn ei gwisg haearn laes. Heno, byddai'r hogiau'n cysgu mewn gwersyll milwrol ar Long Island yn dilyn mordaith oedd wedi mynd â nhw o Ynys Vancouver, i lawr arfordir gorllewinol Califfornia a thrwy gamlas Panama a oedd fel archoll ddofn drwy wddw'r cyfandir. Wedyn, drwy'r Caribi ac i ddyfroedd peryglus dwyrain yr Unol Daleithiau. Pwy a wyddai na fyddai yna *U-boat* yn llercian neu'n gwylio – gwylio yn y dyfnderoedd yn barod i ymosod ar longau'r Naval Fleet Auxiliary a gludai gyflenwadau hanfodol ar draws y cefnforoedd. Ond heno, o'r diwedd, byddent yn teimlo tir diogel dan eu coesau simsan ac yn cael cyfle i ymlacio am rai wythnosau cyn croesi'r Iwerydd am ogledd yr Alban. Ychydig a wyddai Tom y byddai'n gadael gwraig ar ei ôl pan hwyliai drachefn.

'Dyma nhw!' Agorodd ddrws y bws melyn a thywalltodd ei gynnwys yn un gybolfa o chwerthin a minlliw a phersawr ar y llwybr. Casglodd y gyrrwr lond y bws o ferched fesul dwy a thair o'u swyddfeydd ar ddiwedd diwrnod undonog arall wrth ddesg a'i waith papur di-ben-draw. Heno, nhw fyddai partneriaid y llongwyr Prydeinig mewn dawns a drefnwyd ar eu cyfer. Arweiniwyd y genethod yn eu ffrogiau amryliw heibio i resi o hogiau cegrwth i'r neuadd lle byddent fel arfer yn eistedd ar feinciau caled wrth fyrddau yn bwyta.

Ond heno, trawsnewidiwyd y ffreutur ddi-liw'n neuadd ddawns hardd. O gwmpas y stafell gosodwyd rhubanau papur *crêpe* coch, melyn a glas. Ar lwyfan isel yn y blaen eisteddai'r band, pob aelod yn chwythu'i orau ar sacsoffon, clarinét neu drwmped llachar a'r gerddoriaeth 'swing' yn goleuo calonnau'r bechgyn swil a'r merched cyffrous. Crogai pêl gron o ddrychau bach arian o'r nenfwd, ac wrth iddi droelli'n araf, taflai ddafnau o olau dros y llawr a'r to. Curai calon Tom mor ffyrnig, nes iddo orfod edrych i lawr ar ei frest rhag ofn y gwelai hi'n ymwthio fel morthwyl drwy boced ei iwnifform.

Doedd Pete ddim am wastraffu mwy o amser yn rhyfeddu. Cydiodd ym mraich y ferch gyntaf a gerddodd heibio iddo a'i llusgo ar y llawr dawnsio. Llyncodd Tom ei fymryn poer, ystumio'i ben a chynnig ei fraich i eneth benfelen a safai ar ymyl cylch parablus o ferched. Roedd yr hogyn yn gwbl analluog i siarad; glynai ei dafod yn un telpyn sych ar ei daflod.

'Hi! I'm Josie.' Roedd ei dannedd yn wyn, ei cheg yn goch sgleiniog a dau saffir disglair oedd ei llygaid yng ngolau'r drychau bach uwchben. Rhoddodd ei hacen Americanaidd dro o gyffro annisgwyl yn ei berfedd.

'Say, it's so great to dance with you. We girls usually have to dance with each other, as all the men are away. It's not so comfy as dancing with a man; we have too many sticking-out bits.'

Chwarddodd y ddau ac ymdoddi'n hawdd i freichiau'i gilydd tan newidiodd y gerddoriaeth a bu'n rhaid gwneud y 'jitterbug', a enwyd, fel yr esboniodd Josie, oherwydd bod symudiadau gorffwyll breichiau a choesau'r dawnswyr egnïol yn atgoffa pobl o gryndodau aflywodraethus trueiniaid a oedd yn gaeth i alcohol. Ond doedd dim diferyn o'r stwff hwnnw yn y neuadd heno; dim ond 'cream sodas' a rhyw ddiod brown pefriog na flasodd Tom mohoni o'r blaen. Llowciodd Josie hanner llond gwydr a chynnig y gweddill i Tom.

'Try it. It's good. Don't you have Coca Cola in England?'

'I'm not from England. I'm from Wales. I'm Welsh.'

'Welsh. Smelsh. It's all the same, isn't it? You all live on one tiny island don't you? And you all speak English?'

Caledodd llygaid Tom a sythodd ei geg yn llinell benderfynol. Gollyngodd law Josie fel gollwng colsyn.

'Hey. I didn't mean to upset you. I don't know anything about Wales. How could I? I'm just a kid from New York. Tell me all about your part of the world, then.'

Cydiodd Tom yn ei llaw ac aethant allan i chwilio am

gornel dywyll y tu ôl i'r neuadd. Melfed du oedd yr awyr a rhimyn o oleuni'r ddinas na fyddai byth yn cysgu yn euro'i godre. Deuai griddfannau o'r llwyni a'r cilfachau gerllaw ac adnabu Tom besychiad Pete a oedd wedi cael lle cyfleus i garu o dan risiau pren un o'r swyddfeydd. Nid caru'n wyllt fu Josie a Tom, fodd bynnag, ond cyfnewid gwybodaeth am eu bywydau drwy siarad a chydio dwylo a theimlo pigau bach cynnwrf yn cysylltu'r naill â'r llall. Pan ddaeth yr alwad i'r merched ddringo ar y bws am hanner nos, gwyddai Tom wrth gusanu Josie ar ei boch y byddai'r cyfarfyddiad mympwyol hwn heno'n dyngedfennol. A merch anarferol o dawel a syllai ar ei hadlewyrchiad ei hun yn ffenest y bws wrth deithio'n ôl i Brooklyn. Gwyddai hithau iddi gyfarfod ag un a allai ddod yn gymar oes. Hynny yw, pe bai amgylchiadau'n wahanol a phe na bai hi wedi bod mor ddi-hid o sarhaus tuag at wlad y bachgen swil â'r gwallt lliw tywod. Fi â 'ngheg fawr, meddyliodd.

Y Ffridd,
Conwy.
Hydref 1945

Annwyl Josie,

Oedd raid i ti frifo Tom fel y gwnest ti? Dwi'n dallt pam est ti efo'r Eidalwr 'na. Mae'n anodd cadw priodas ar fynd ar y gorau, yn enwedig pan dach chi ar wahân am fisoedd ar y tro a dim syniad pryd y gwelwch eich gilydd eto, os o gwbl. Ond pam na fyddet ti wedi bod yn fwy gofalus? Pam wnest ti dy gael dy hun yn feichiog? A hynny gyda charcharor rhyfel? Ble oedd dy hunan-barch di?

Mae calon fy mrawd yn chwilfriw. Allith o ddim meddwl am fyw yng Nghae Drain hebddot ti. A buost ti a fy mam wrthi mor ddyfal yn ei beintio a'i baratoi yn gartref clyd i chi'ch dau, erbyn i Tom ddod adref eto. Gyda llaw, nid dy fod eisiau gwybod mae'n siŵr, ddoe ddiwethaf, cyrhaeddodd y gwely newydd ar gyfer y llofft yn y bwthyn. Eich gwely chi. Y gwely a archebaist ti yn Llandudno. Mae'r waliau gwynion a'r llestri gleision a roddodd Mam i ti (nid i mi, sylwer) ar y silffoedd yn ddigon o ryfeddod a chyneuodd Nhad dân er mwyn cynhesu'r aelwyd. Ond oer fydd hi ar ôl heddiw, mae arna i ofn. Yng Nghae Drain roeddet ti a Tom i fod i fagu'ch teulu a heneiddio gyda'ch gilydd. Ond yn lle hynny, mae Nhad yn sôn am ei werthu neu ei osod. Mi fydd Saeson cefnog wrth eu boddau'n cael ymlacio 'in the tranquility of the Welsh countryside' rŵan bod y rhyfel drosodd.

Mae Tom am adael Cymru, meddai fo. Duw a ŵyr i ble'r eith o chwaith.

Rhag dy gywilydd di,

Meg.

Hydref 1942

'Mam, Nhad, Meg – dyma Josie.'

'How do you do, my dear?' Echdoe, clywsai dad Tom y Ciwrat yn siarad efo gwraig weddw'r Cyrnol y tu allan i'r Post ac roedd wedi penderfynu mai dyma'r ffordd fwyaf gweddus i gyfarch ei ferch yng nghyfraith newydd. Mae'n amlwg nad hogan o Ddyffryn Conwy ydy hon, meddyliodd mam Tom wrth osod ei gwefusau'n wên fawr, ffuantus ac

138

ysgwyd llaw'r ddoli baentiedig, drwsiadus a safai o'i blaen. G'nethod tebol, gweithgar ac ymarferoldeb eu dillad yn cyfateb i'w haddasrwydd ar gyfer dyletswyddau bob dydd oedd merched yr ardal wledig hon. Doedd dim arwydd bod y Josephine 'ma wedi golchi cwpan de erioed, hyd yn oed. A be' am gorddi a sgwrio lloriau a churo matiau? Be' haru Tom, yn crogi'r Americanes ddiarth 'ma fel iau am ei wddw? Ac am eu gyddfau nhw i gyd fel teulu, pe bai'n dŵad i hynny. Efo nhw ym Maes Gwyn y byddai'n rhaid i Josie fyw tan ddiwedd y rhyfel. Be' yn y byd wnaen nhw efo hi? Mi fyddai 'na ben draw ar wau sgwariau i wneud blancedi neu rowlio bandejys.

San Gimignano,
Toscana,
Italia.
Mehefin 1960

Annwyl Meg,

Diolch am adael i mi wybod dy fod dy wedi colli dy fam. Roedd yn ddrwg iawn gen i ddeall hynny. Bu hi'n garedig wrthyf i pan oeddwn i'n byw gyda chi ym Maes Gwyn a chawsom lawer o hwyl gyda'n gilydd wrth beintio a glanhau Cae Drain. Derbyniwch fy nghydymdeimlad mwyaf diffuant. Dwi'n deall erbyn hyn cymaint wnes i'ch siomi chi i gyd pan fues i mor llwfr â rhedeg i ffwrdd . Ond alla i ddim troi bysedd y cloc yn ôl. Roedd yn dda gen i glywed hefyd fod Tom wedi priodi a'i fod o'n hapus yn ei waith fel rheolwr ffatri ceir yn Coventry. Mae o wedi gwneud yn dda iawn drosto'i hun.

Erbyn hyn mae gennym ni ddau o blant; mae Andrea yn bymtheg a'i chwaer fach Marta'n wyth. Mae Ellio wrth ei fodd yn cael mab a merch ond mae arna i ofn nad ydy ei gyflog fel gweithiwr yn y winllan leol ddim yn dod â llawer o arian i'n cartref ac felly rydw innau'n rhoi help llaw drwy gynnal dosbarthiadau dysgu Saesneg yn ysgol y pentref gyda'r nos. Mae fy acen i'n drysu pethau braidd, dwi'n ofni. Mae'r myfyrwyr i gyd yn siarad fel gangsters Efrog Newydd. Ond dyna ni, Eidalwyr o dras oedd y rhan fwyaf o'r rheini, yntê?

Ymddiheuriadau am wamalu ar achlysur mor drist ond mae'n dda gen i adnewyddu'r cyswllt â thi eto. Hoffwn glywed oddi wrthyt ti eto a chofia fi at dy dad.

Cofion gorau,
  Dy ffrind ffôl,
    Josie.

Mehefin 1944

Eisteddai Josie ar fryncyn y tu ôl i Gae Drain yn edrych i lawr dros y pentref. Gwisgai hen drywsus Tom; crys gwaith ei thad yng ngyfraith dros ei blows wen ac roedd sgarff o gotwm sgwariau coch wedi'i chlymu i gadw'r llwch o'i gwallt. Gwasgodd ei phengliniau at ei gên a lapio'i breichiau amdanynt.

Yn y cae gwair odani hi gweithiai dwsin neu fwy o ddynion ifanc: rhai'n cribinio, eraill yn cario byrnau a'u casglu ynghyd i wneud teisi crynion yma ac acw. Gwisgai pob dyn grys gwyrdd ac roedd deiamwnt mawr coch wedi'i bwytho ar gefn y crysau ac un llai ar eu trowsusau. O gysgod y gwrych, gwyliai un milwr mewn lifrai y dynion o hirbell, ei ddryll yn gorwedd yn segur ar y borfa wrth ei ochr. Chwibanodd y milwr a gollyngodd y dynion eu hoffer yn y fan a'r lle a chwilio am lecyn i yfed llymaid o'r can llaeth llawn dŵr a osodwyd ger clwyd bren y cae. Dilynai llygaid Josie un o'r dynion o'r das wair, at gysgod y gwrych drain. Gwyliai Josie'r diferion dŵr a syrthiai'n ddafnau gloyw o dan ei ên cyn diflannu o dan goler ei grys ar groen tywyll ei frest. Deuai'n ôl yfory, efallai, gyda'i phad papur a'i phensiliau i sgetsio'r dyn ifanc hardd â'r gwallt du, llyfn.

Gofynnodd i'w thad yng nghyfraith wrth y bwrdd bwyd y noson honno pwy oedd y dynion. 'Carcharorion rhyfel o'r Eidal ydyn nhw, yn byw yn y camp i lawr yn y pentre. Wedi'u dal yn y Dwyrain Canol roeddan nhw a'u cludo yma i Brydain i'w diogelu tan ddiwedd y rhyfel.'

'Ond dim ond un milwr oedd yn eu gwarchod. Beth pe baen nhw'n dianc?' Symudodd Josie ddeilen letys lipa o gwmpas ei phlât, ei llygaid gleision yr un lliw â'r patrwm Tsieineaidd ar y llestri.

'Wnân nhw ddim, siŵr. I ble'r aen nhw heb arian? Weithiau maen nhw'n cael mynd i lawr i'r siop jips yn Nhal-y-Bont gyda'r nos neu i Gonwy i'r eglwys Gatholig syn fanno. Mae ganddyn nhw gwt yn llawn o hen feics wrth y capel yn y pentre at iws. Maen nhw'n cael llond eu boliau gan wragedd y ffermydd ac mae ambell un yn gogydd gartref yn yr Eidal. Maen nhw'n ffodus iawn mai yn Nyffryn Conwy y maen nhw. A deud y gwir, 'dan ninnau'n lwcus iawn i'w cael nhw. Maen nhw'n weithiwrs diwyd. Sgynnyn nhw'm ofn gwaith, nacoes wir.'

Cytunodd yn wresog ag ef ei hun, wrth droi pupur a halen yn ei bowlennaid o datws llaeth. Roedd y trwyth gwyn, drewllyd yn troi ar Josie. Ble oedd y chilli, y sawsiau sbeislyd, y cigoedd sawrus, tramor y'i magwyd arnyn nhw ym mhair rhyngwladol Efrog Newydd? Roedd eu bwydydd yma mor syml: eu gwisgoedd mor blaen, eu bywydau mor ddi-liw a'u capeli a'u crefydd mor sgwâr a llwyd.

Oedd, rhesymodd â hi ei hun, roedd hi'n caru Tom ond unwaith eto clywodd y llais yn ei meddwl yn ei phryfocio. Daethai'r llais yn amlach yn ddiweddar. Ac yn daerach ac yn uwch nag y bu. A oedd raid iddi hi mewn gwirionedd fod wedi mynnu eu bod yn priodi mor fuan? Mae'n siŵr fod y creadur druan yn teimlo fel llygoden wedi'i gwthio i gornel gan gath lwglyd. Chafodd o ddim cyfle i wrthod. A phriodi a fu, o fewn tair wythnos i'w cyfarfyddiad cyntaf, cyn i long Tom hwylio'n ôl am Brydain. Oni fyddai aros tan y byddai'r rhyfel yma drosodd a llythyru er mwyn cadw mewn cysylltiad wedi bod yn syniad gwell? Ond na. Roedd ar Josie eisiau antur. Ac antur go ddiflas oedd hi. Stwffiodd fforcaid o domato a ham i'w cheg gan ganolbwyntio'n ffyrnig ar wasgu'r llosgi sydyn yn ei llygaid.

Roedd heno'n noson braf a heb iddi sylweddoli bron, cyrhaeddasai ei thraed geg y lôn bost. Trodd i gerdded tua'r pentref. Heblaw pan oedd ei mam yng nghyfraith a hithau'n peintio Cae Drain a thynnu'r myrdd gwe pry cop a lechai yn nhrawstiau'r to neu pan âi Meg a hithau draw am Gonwy ar y bws a cherdded y cei ac anadlu awyr glân y môr, doedd affliw o ddim i'w wneud yn y twll lle yma.

'Buona sera.' Daeth llais o'r tywyllwch cynnes. Taniwyd matsien, ac yn y fflam, gwelodd Josie wyneb golygus y dyn ifanc a oedd wedi tynnu'i sylw'n y cae gwair y prynhawn hwnnw. Cynigiodd ei becyn sigarennau iddi, gwenodd arno a derbyn yn swil. Eisteddodd y ddau alltud ym môn y clawdd yn mwynhau cwmni ei gilydd yn y tawelwch a'r cyfeillgarwch newydd yn annisgwyl o felys.

San Gimignano,
Toscana,
Italia
Medi 1975

Annwyl Meg,

Ddydd Llun diwethaf bu farw Ellio. Doedd o'n ddim ond trigain oed. Cafodd ei wasgu gan ei dractor ei hun wrth iddo fo ddringo'r llethrau at y terasau uchaf i ddyfrio'r gwinwydd. Does neb yn gwybod yn iawn beth ddigwyddodd ond rywsut, pan oedd o'n archwilio'r bibell ddŵr, gollyngodd y tractor ei hun oddi ar y brêc a llithro ar y llethr ar ben Ellio. Gwelodd Giovanni'r goruchwyliwr y cyfan ond doedd o ddim yn ddigon cryf i symud y peiriant ar ei ben ei hun. Erbyn i'r gwasanaethau argyfwng gyrraedd a chodi'r tractor, roedd hi'n rhy hwyr i Ellio druan. Bu'n ŵr ffyddlon a chefnogol i mi bob amser. Fe'i claddwyd fore Gwener.

Yn America mae'r plant bellach, Andrea yn bensaer llwyddiannus yn Chicago a Marta yn y brifysgol yn Cleveland. Mae hi'n gobeithio cwblhau ei hastudiaethau a chymhwyso fel meddyg ymhen y flwyddyn. Fy chwaer sydd wedi talu am addysg y plant i gyd, chwarae teg iddi. A chan nad oedd ganddi

hi neb i wario'i harian arnyn nhw ar ôl i Harvey, yr
hen filiwnydd y bu'n briod ag o, adael y cyfan iddi yn
ei ewyllys, cynigiodd gynnal fy mhlant drwy
flynyddoedd eu haddysg. Roedd Ellio a minnau'n
dlawd a fu bywyd ddim yn hawdd. Teyrngarwch i'r
plant ac i'm gŵr a'm cadwodd i yma cyhyd. Pe na
bawn wedi bod mor benboeth a styfnig, acw fyddai
Tom a minnau o hyd: yn daid a nain balch erbyn hyn,
rwy'n siŵr. Byddai'r ddau ohonom ar riniog Cae
Drain bob gyda'r nos yn gwylio'r cysgodion, a'r haul
yn suddo'n belen goch y tu ôl i Dal-y-Fan ac yn addo
yfory llachar arall. Gor-ramantu, mae'n siŵr, ond ar
hyn o bryd, yn fy ngwendid, alla i ddim ond gweld i
mi fradychu popeth a oedd yn bur a gwerthfawr am
rywbeth dros-dro ac a oedd, yn y pen draw, yn salach.

Siŵr eich bod i gyd draw acw yn falch o'm prof-
edigaeth ac yn teimlo i mi gael fy haeddiant o'r
diwedd. Dim plant, dim arian a rŵan, dim gŵr
chwaith. Mae 'na rywbeth boddhaus iawn yn y
teimlad hwnnw, rwy'n siŵr.

Sut mae Tom?

Cofion,

Josie

Y Ffridd,
Conwy
Hydref 1975

Annwyl Josie,

Drwg iawn oedd gennym i gyd yn y Ffridd glywed
am dy golled. Mae colli gŵr ar ôl byw ynghyd am dros
ddeng mlynedd ar hugain yn dipyn o ysgytwad, ac yn
sicr, nid oedd yn rhoi unrhyw falchder i neb o'r teulu
dy fod wedi dioddef y fath brofedigaeth. Beth wnei di
rŵan? Dychwelyd i America i gael bod yn agos at dy
blant, mae'n siŵr. Siawns na chei di wyrion cyn hir!
Mae yma bump o wyrion ac mae Eleias a minnau'n ei
theimlo hi'n fraint cael eu gweld bob amser te ar ôl eu
casglu o'r ysgol a chyn i Dewi ac Elen ddod i'w cyrchu
adref.

Go symol ydy gwraig Tom erbyn hyn hefyd, gyda
llaw. Mae'n dioddef o gancr y fron ers pedair blynedd
ond er bod pethau ar i fyny hyd at fis Medi, yn
ddiweddar cawsant y newyddion nad oes gwella i fod.
Maen nhw wedi symud i'r Amwythig i aros gyda
chwaer Dilys gan na chafodd y ddau blant a allai fod
yn gefn iddyn nhw. Bu Tom yn ŵr triw a chariadus
iddi hi er gwaetha'r iselder y bu Dilys yn gaeth iddo
dros y blynyddoedd.

Cofion annwyl,
Meg

San Gimignano,
Toscana,
Italia.
Mawrth 1981

Annwyl Meg,

Diolch am roi gwybod i mi fod Tom druan yntau bellach yn weddw. Os oedd o'n meddwl y byd o Dilys, ac yn gadernid cyson iddi hi hyd y diwedd un, mae'n rhaid ei bod yn ferch arbennig iawn. Gan nad wyt wedi cysylltu ers tipyn mae'n ymddangos iddi gael cystudd hir. Dwi'n siŵr fod Tom wedi gwerthfawrogi cymorth ei deulu yng nghyfraith yn yr Amwythig yn awr ei angen. Cofia fi ato fo'n gynnes iawn.

Bûm gartre yn gweld y plant a'm chwaer ac rwyf yn ôl yma rŵan yn San Gimignano ers tridiau. Mae angen gwerthu'r tŷ arnaf er mwyn symud ymlaen. Ddaw'r plant ddim yn ôl i'r Eidal i fyw bellach: mae'r gwaed Americanaidd yn gochach ac yn fwy dwys na'r Valpolicella dyfrllyd sydd i'w gael yn y wlad siâp coes 'ma! Mae gen innau bellach ŵyr bach newydd o'r enw Marco; y mae ei enw, o leiaf, yn rhyw gydnabyddiaeth o'i dras Eidalaidd. A minnau unwaith eto'n alltud ac yn unig.

Estyn fy nghydymdeimlad at Tom a chofion atat tithau a'r teulu,

Josie.

O.N. Tybed a fyddai Tom am fy ngweld rywbryd? Rhof wybod pan fyddaf yn pasio drwy Lundain ar fy ffordd i weld y plant. Efallai y gallem gyfarfod am baned, er mwyn yr amser gynt.

Ebrill 1981

'Tom?'

'O helô, Meg. Sut wyt ti?'

'Rwyt ti'n swnio'n ffrwcslyd. Ydw i wedi ffonio ar adeg anghyfleus?'

'Do. Ym, naddo. Dim ond 'mod i'n pacio dilladau Dilys mewn bagiau i'w dosbarthu rhwng siopau elusen y dref 'ma.'

'Pam na faset ti 'di codi'r ffôn? Mi allwn i fod wedi picio draw am ddiwrnod neu ddau i roi help llaw i ti. Dwi'n cofio pan gollais i Eleias ...'

''Di o'm yn broblem 'sti. Dwi'n ca'l cyfle i ffarwelio'n iawn â hi wrth fynd drwy'i phetha'.'

'Oeddet ti'n 'i charu hi, Tom?'

'O'n siŵr. Wel, mi ddysgais i'i charu hi. Ro'dd popeth mor amrwd 'rôl colli Josie pan gwrddais i â Dilys yn y Steddfod 'na. Ro'n i isio profi rwbath i mi fy hun am wn i. Profi ella 'mod i'n werth fy ngharu ac na fyddai hon eto'n diflannu o dan fy nhrwyn i.'

Saib.

'Pam wyt ti'n ffonio, p'run bynnag?'

'Josie sydd isio dy gyfarfod di.'

'Pam?'

'Be wn i? Isio egluro petha', am wn i. A gweld sut wyt ti.'

'Reit, Meg. Hwyl rŵan. Sgen i'm amser i garthu'r gorffennol a chodi hen grachod. Mae fan y Sali Armi'n dŵad erbyn pedwar. Mae gen i dipyn o waith pacio i'w 'neud. Siarada i efo ti eto.'

A chlepiodd y ffôn yn ôl i'w grud ...

San Gimignano,
Toscana,
Italia
Hydref 1984

Annwyl Meg,

Dyma fi eto'n ôl yma dros wyliau'r haf. Werthais i
mo'r hen gartref. Roedd y plant yn daer am i mi ei
gadw fo'n gartre gwyliau iddyn nhw. Tŷ digon disylw
tu cefn i'r stryd fawr ydy o ond mae dod yn ôl yma'n
llenwi fy nghalon â heulwen ac wrth agor y drws daw
lleisiau'r plant yn un gawod tuag ataf. Gallaf weld
Ellio'n eistedd wrth y bwrdd yn ei ddillad gwaith ac
olion chwyslyd traed ei sanau rhwng y drws a'r sinc.
Mae gen i fflat fechan yng nghartref fy chwaer yn
Cleveland erbyn hyn a dwi'n ôl ac ymlaen sawl gwaith
y flwyddyn rhwng y ddau le, yn ceisio lleddfu fy
nghydwybod ym mhob man. Fûm i erioed yn ôl yng
Nghymru, fodd bynnag.

Ddywedais i wrthyt ti nad oeddwn i erioed yn caru
Ellio fel y cerais i dy frawd? Ond ar y pryd roedd y ddau
ohonom yn fregus yn ein hiraeth. Cynigiodd ei gariad
i mi ar adeg pan oedd fy nghalon yn blisgyn gwag. Ac
mi fedrais innau lenwi bwlch tebyg yn ei fywyd yntau
– y ddau ohonom yn garcharorion rhyfel ymhell o
gartref.

Dwi'n cymryd nad ydy Tom am fy ngweld i. A phwy
wêl fai arno fo?

Sut wyt ti, Meg? Fyset ti'n fodlon fy nghyfarfod i, 'te?

Josie.

Mawrth 1985

'Ew, Tom, mae'n dda dy weld di.'

'A thitha, Meg, yr hen chwaer.'

'Llai o'r hen ...'

Gosododd Tom ei fag ar lawr y gegin a gollwng ei hun i'r gadair freichiau agosaf. Gwenodd y dau ar ei gilydd.

'Dwi mor falch i mi dy berswadio di i ddŵad i aros am ddiwrnod neu ddau i gael troedio'r hen lwybrau eto.'

'Diolch i ti. Dwi'n barod i wynebu'r gorffennol erbyn hyn. Cael mynd am dro ar hyd y Morfa, a dringo'r allt drwy'r coed ac ella mynd cyn belled â Maes Gwyn i weld sut ma'r perchnogion newydd wedi'i newid o.'

'Ty'd. Mae hi bron yn dri o'r gloch. Gawn ni banad gynta.'

Canodd y ffôn.

'Ateb hwnna wnei di, Tom, tra 'mod i'n tywallt panad?' Gwyliai Meg ei brawd dros y tebot. Carlamai ei chalon.

'Helô. Y Ffridd.'

'Helô, Tom. Josie sy 'ma.'